Im Wunderland der Bücher

Herausgegeben von Gesine Dammel

Insel Verlag

Erste Auflage 2025
insel taschenbuch 5099

Quellennachweise am Schluss des Bandes

Umschlaggestaltung: Rothfos & Gabler, Hamburg
Umschlagabbildung: Divmon/Freepick/Midjourney KI
Satz: Satz-Offizin Hümmer GmbH, Waldbüttelbrunn
Druck: CPI books GmbH, Leck
Printed in Germany
ISBN 978-3-458-68399-5

Insel Verlag Anton Kippenberg GmbH & Co. KG
Torstraße 44, 10119 Berlin
info@insel-verlag.de
www.insel-verlag.de

Michael Ende

Die unendliche Geschichte

ANTIQUARIAT
Inhaber: Karl Konrad Koreander

Diese Inschrift stand auf der Glastür eines kleinen Ladens, aber so sah sie natürlich nur aus, wenn man vom Inneren des dämmerigen Raumes durch die Scheibe auf die Straße hinausblickte.
Draußen war ein grauer kalter Novembermorgen, und es regnete in Strömen. Die Tropfen liefen am Glas herunter und über die geschnörkelten Buchstaben. Alles, was man durch die Scheibe sehen konnte, war eine regenfleckige Mauer auf der anderen Straßenseite.
Plötzlich wurde die Tür so heftig aufgerissen, daß eine kleine Traube von Messingglöckchen, die über ihr hing, aufgeregt zu bimmeln begann und sich eine ganze Weile nicht wieder beruhigen konnte.
Der Urheber dieses Tumults war ein kleiner, dicker Junge von vielleicht zehn oder elf Jahren. Das dunkelbraune Haar hing ihm naß ins Gesicht, sein Mantel war vom Regen durchweicht und tropfte, an einem Riemen über der Schulter trug er eine Schulmappe. Er war ein wenig blaß und außer Atem, aber ganz im Gegensatz zu der Eile, die er eben noch gehabt hatte, stand er nun wie angewurzelt in der offenen Tür.

Vor ihm lag ein langer, schmaler Raum, der sich nach hinten zu im Dämmerlicht verlor. An den Wänden standen Regale, die bis unter die Decke reichten und mit Büchern aller Formen und Größen vollgestopft waren. Auf dem Boden türmten sich Stapel großer Folianten, auf einigen Tischen häuften sich Berge kleinerer Bücher, die in Leder gebunden waren und von der Seite golden glänzten. Hinter einer mannshohen Mauer aus Büchern, die sich am gegenüberliegenden Ende des Raumes erhob, war der Schein einer Lampe zu sehen. In diesem Lichtschein stieg ab und zu ein Rauchkringel auf, wurde größer und zerging weiter oben in der Dunkelheit. Es sah aus wie die Signale, mit denen Indianer sich von Berg zu Berg Nachrichten zuschicken. Offenbar saß dort jemand, und tatsächlich hörte der Junge nun hinter der Bücherwand eine Stimme ziemlich barsch sagen:

»Wundern Sie sich drinnen oder draußen, aber machen Sie die Tür zu. Es zieht.«

Der Junge gehorchte und schloß leise die Tür. Dann näherte er sich der Bücherwand und guckte vorsichtig um die Ecke. Dort saß in einem hohen Ohrenbackensessel aus abgewetztem Leder ein schwerer untersetzter Mann. Er hatte einen zerknitterten schwarzen Anzug an, der abgetragen und irgendwie staubig aussah. Sein Bauch wurde von einer geblümten Weste zusammengehalten. Der Mann hatte eine Glatze, nur über den Ohren stand je ein Büschel weißer Haare in die Höhe. Das Gesicht war rot und erinnerte an das einer bissigen Bulldogge. Auf der knollenförmigen Nase saß eine kleine goldene Brille. Außerdem rauchte der Mann aus einer gebogenen Pfeife, die aus seinem Mundwinkel hing, wodurch der ganze Mund schief gezogen war. Auf den Knien hielt er ein Buch, in welchem er offenbar gerade gelesen hatte, denn er hatte beim Zuklappen den dicken Zeigefinger seiner linken

Hand zwischen den Seiten gelassen – als Lesezeichen sozusagen.
Nun nahm er mit der rechten Hand seine Brille ab, musterte den kleinen dicken Jungen, der da vor ihm stand und tropfte, dabei machte er die Augen schmal, was den Eindruck der Bissigkeit noch erhöhte, und murmelte bloß: »Ach du liebes bißchen!« Dann schlug er sein Buch wieder auf und fuhr fort zu lesen.
Der Junge wußte nicht recht, was er tun sollte, deshalb blieb er einfach stehen und schaute den Mann mit großen Augen an. Schließlich klappte der sein Buch wieder zu – wie vorher, mit dem Finger zwischen den Seiten – und knurrte: »Hör zu, mein Junge, ich kann Kinder nicht leiden. Heutzutage ist es zwar Mode, daß alle Welt ein Mordsgetue mit euch veranstaltet – aber ich nicht! Ich bin ganz und gar kein Kinderfreund. Für mich sind Kinder nichts als blöde Schreihälse, Quälgeister, die alles kaputtmachen, die die Bücher mit Marmelade vollschmieren und die Seiten zerreißen und die sich den Teufel darum scheren, ob die Erwachsenen vielleicht auch ihre Sorgen und Kümmernisse haben. Ich sag' dir das nur, damit du gleich weißt, woran du bist. Außerdem gibt es bei mir keine Bücher für Kinder, und andere Bücher verkaufe ich dir nicht. So, ich hoffe, daß wir uns verstanden haben!«
Alles das hatte er gesagt, ohne dabei die Pfeife aus dem Mund zu nehmen. Nun klappte er sein Buch wieder auf und setzte seine Lektüre fort.
Der Junge nickte stumm und wandte sich zum Gehen, aber irgendwie schien ihm, daß er diese Rede nicht so unwidersprochen hinnehmen konnte, deshalb drehte er sich noch einmal um und sagte leise:
»*Alle* sind aber nicht so.«
Der Mann blickte langsam auf und nahm abermals seine Brille

ab. »Du bist immer noch da? Was muß man eigentlich tun, um so einen wie dich loszuwerden, kannst du mir das mal verraten? Was hast du da eben so überaus Wichtiges zu sagen gehabt?«
»Nichts Wichtiges«, antwortete der Junge noch leiser. »Ich wollte nur ... nicht alle Kinder sind so, wie Sie sagen.«
»Ach so!« Der Mann zog in gespieltem Erstaunen die Augenbrauen hoch. »Dann bist du wohl vermutlich selbst die große Ausnahme, wie?«
Der dicke Junge wußte nichts zu antworten. Er zuckte nur ein wenig die Achseln und wandte sich wieder zum Gehen.
»Und Manieren«, hörte er hinter sich die brummige Stimme, »Manieren hast du nicht für fünf Pfennig, sonst hättest du dich wenigstens erst mal vorgestellt.«
»Ich heiße Bastian«, sagte der Junge, »Bastian Balthasar Bux.«
»Ziemlich kurioser Name«, knurrte der Mann, »mit diesen drei B's. Na ja, dafür kannst du nichts, hast ihn dir ja nicht selbst gegeben. Ich heiße Karl Konrad Koreander.«
»Das sind drei K's«, sagte der Junge ernst.
»Hm«, brummte der Alte, »stimmt!«
Er paffte einige Wölkchen. »Na ja, ist ja auch ganz gleich, wie wir heißen, da wir uns ja doch nicht wiedersehen. Jetzt möchte ich nur noch eins wissen, nämlich wieso du vorhin mit solchem Karacho in meinen Laden eingebrochen bist. Machte ganz den Eindruck, als ob du auf der Flucht gewesen wärst. Stimmt das?«
Bastian nickte. Sein rundes Gesicht wirkte plötzlich noch etwas blasser als vorher und seine Augen noch etwas größer.
»Wahrscheinlich hast du eine Ladenkasse ausgeraubt«, vermutete Herr Koreander, »oder eine alte Frau niedergeschlagen oder was euereins heutzutage so macht. Ist die Polizei hinter dir her, mein Kind?«

Bastian schüttelte den Kopf.

»Heraus mit der Sprache«, sagte Herr Koreander, »vor wem bist du weggelaufen?«

»Vor den andern.«

»Vor welchen andern?«

»Den Kindern aus meiner Klasse.«

»Warum?«

»Sie… sie lassen mich nie in Ruhe.«

»Was tun sie denn?«

»Sie lauern mir vor der Schule auf.«

»Und weiter?«

»Dann schreien sie lauter so Sachen. Sie schubsen mich herum und lachen über mich.«

»Und das läßt du dir einfach so gefallen?«

Herr Koreander betrachtete den Jungen eine Weile mißbilligend und fragte dann: »Warum gibst du ihnen nicht einfach eins auf die Nase?«

Bastian schaute ihn groß an. »Nein – das mag ich nicht. Und außerdem – ich kann nicht gut boxen.«

»Und wie ist es mit Ringen?« wollte Herr Koreander wissen. »Laufen, Schwimmen, Fußball, Turnen? Kannst du überhaupt nichts davon?«

Der Junge schüttelte den Kopf.

»Mit anderen Worten«, sagte Herr Koreander, »du bist ein Schwächling, wie?«

Bastian zuckte die Achseln.

»Aber reden kannst du doch immerhin«, meinte Herr Koreander. »Warum gibst du ihnen nicht heraus, wenn sie dich verspotten?«

»Das hab' ich einmal gemacht…«

»Na und?«

»Sie haben mich in eine Mülltonne geschmissen und den Dekkel zugebunden. Ich hab' zwei Stunden gerufen, bis mich jemand gehört hat.«

»Hm«, brummte Herr Koreander, »und jetzt traust du dich nicht mehr.«

Bastian nickte.

»Also«, stellte Herr Koreander fest, »ein Angsthase bist du obendrein.«

Bastian senkte den Kopf.

»Wahrscheinlich bist du ein rechter Streber, wie? Der Klassenbeste mit lauter Einsern, der Liebling aller Lehrer, nicht wahr?«

»Nein«, sagte Bastian und hielt immer noch den Blick gesenkt, »ich bin letztes Jahr sitzengeblieben.«

»Gott im Himmel!« rief Herr Koreander, »also ein Versager auf der ganzen Linie.«

Bastian sagte nichts. Er stand einfach nur da. Seine Arme hingen herunter, sein Mantel tropfte.

»Was schreien sie denn so, wenn sie dich verspotten?« wollte Herr Koreander wissen.

»Ach – alles mögliche.«

»Zum Beispiel?«

»Wambo! Wambo! Sitzt auf dem Potschambo! Potschambo bricht, der Wambo spricht: Das war mein Schwergewicht.«

»Nicht sehr witzig«, meinte Herr Koreander, »was noch?«

Bastian zögerte, ehe er aufzählte:

»Spinner, Mondkalb, Aufschneider, Schwindler ...«

»Spinner? Warum?«

»Ich red' manchmal mit mir selber.«

»Was redest du da zum Beispiel?«

»Ich denk' mir Geschichten aus, ich erfinde Namen und Wörter, die's noch nicht gibt, und so.«

»Und das erzählst du dir selbst? Warum?«

»Na ja, sonst ist doch niemand da, den so was interessiert.«
Herr Koreander schwieg eine Weile nachdenklich.
»Was meinen denn deine Eltern dazu?«
Bastian antwortete nicht gleich. Erst nach einer Weile murmelte er: »Vater sagt nichts. Er sagt nie was. Es ist ihm alles ganz gleich.«
»Und deine Mutter?«
»Die – ist nicht mehr da.«
»Sind deine Eltern geschieden?«
»Nein«, sagte Bastian, »sie ist tot.«
In diesem Augenblick klingelte das Telefon. Herr Koreander erhob sich mit einiger Anstrengung aus seinem Lehnstuhl und schlurfte in ein kleines Kabinett, das hinter dem Laden lag. Er hob ab, und Bastian hörte undeutlich, wie Herr Koreander seinen Namen nannte. Dann schloß sich die Tür des Kabinetts, und nun war nichts mehr zu hören als ein dumpfes Gemurmel.
Bastian stand da und wußte nicht recht, wie ihm geschehen war und warum er das alles gesagt und zugegeben hatte. Er haßte es, so ausgefragt zu werden. Siedendheiß fiel ihm plötzlich ein, daß er schon viel zu spät in die Schule kommen würde, ja, gewiß, er mußte sich beeilen, er mußte rennen – aber er blieb stehen, wo er stand, und konnte sich nicht entschließen. Irgend etwas hielt ihn fest, er wußte nicht was.
Die dumpfe Stimme klang immer noch aus dem Kabinett herüber. Es war ein langes Telefongespräch.
Bastian wurde sich bewußt, daß er die ganze Zeit schon auf das Buch starrte, das Herr Koreander vorher in Händen gehalten hatte und das nun auf dem Ledersessel lag. Er konnte einfach seine Augen nicht abwenden davon. Es war ihm, als ginge eine Art Magnetkraft davon aus, die ihn unwiderstehlich anzog.

Er näherte sich dem Sessel, er streckte langsam die Hand aus, er berührte das Buch – und im gleichen Augenblick machte etwas in seinem Inneren »klick!«, so als habe sich eine Falle geschlossen. Bastian hatte das dunkle Gefühl, daß mit dieser Berührung etwas Unwiderrufliches begonnen hatte und nun seinen Lauf nehmen würde.
Er hob das Buch hoch und betrachtete es von allen Seiten. Der Einband war aus kupferfarbener Seide und schimmerte, wenn er es hin und her drehte. Bei flüchtigem Durchblättern sah er, daß die Schrift in zwei verschiedenen Farben gedruckt war. Bilder schien es keine zu geben, aber wunderschöne, große Anfangsbuchstaben. Als er den Einband noch einmal genauer betrachtete, entdeckte er darauf zwei Schlangen, eine helle und eine dunkle, die sich gegenseitig in den Schwanz bissen und so ein Oval bildeten. Und in diesem Oval stand in eigentümlich verschlungenen Buchstaben der Titel:

Die unendliche Geschichte

Es ist eine rätselhafte Sache um die menschlichen Leidenschaften, und Kindern geht es damit nicht anders als Erwachsenen. Diejenigen, die davon befallen werden, können sie nicht erklären, und diejenigen, die nichts dergleichen je erlebt haben, können sie nicht begreifen. Es gibt Menschen, die setzen ihr Leben aufs Spiel, um einen Berggipfel zu bezwingen. Niemand, nicht einmal sie selbst, könnte wirklich erklären warum. Andere ruinieren sich, um das Herz einer bestimmten Person zu erobern, die nichts von ihnen wissen will. Wieder andere richten sich zugrunde, weil sie den Genüssen des Gaumens nicht widerstehen können oder denen der Flasche. Manche geben all ihr Hab und Gut hin, um im Glücksspiel zu gewinnen, oder opfern alles einer fixen Idee, die niemals Wirklichkeit werden kann. Einige glauben, nur dann glücklich sein zu können, wenn

sie woanders wären, als sie sind, und reisen ihr Leben lang durch die Welt. Und ein paar finden keine Ruhe, ehe sie nicht mächtig geworden sind. Kurzum, es gibt so viele verschiedene Leidenschaften, wie es verschiedene Menschen gibt.
Für Bastian Balthasar Bux waren es die Bücher.
Wer niemals ganze Nachmittage lang mit glühenden Ohren und verstrubbeltem Haar über einem Buch saß und las und las und die Welt um sich her vergaß, nicht mehr merkte, daß er hungrig wurde oder fror –
Wer niemals heimlich beim Schein einer Taschenlampe unter der Bettdecke gelesen hat, weil Vater oder Mutter oder sonst irgendeine besorgte Person einem das Licht ausknipste mit der gutgemeinten Begründung, man müsse jetzt schlafen, da man doch morgen so früh aus den Federn sollte –
Wer niemals offen oder im geheimen bitterliche Tränen vergossen hat, weil eine wunderbare Geschichte zu Ende ging und man Abschied nehmen mußte von den Gestalten, mit denen man gemeinsam so viele Abenteuer erlebt hatte, die man liebte und bewunderte, um die man gebangt und für die man gehofft hatte, und ohne deren Gesellschaft einem das Leben leer und sinnlos schien –
Wer nichts von alledem aus eigener Erfahrung kennt, nun, der wird wahrscheinlich nicht begreifen können, was Bastian jetzt tat.
Er starrte auf den Titel des Buches, und ihm wurde abwechselnd heiß und kalt. Das, genau das war es, wovon er schon oft geträumt und was er sich, seit er von seiner Leidenschaft befallen war, gewünscht hatte: eine Geschichte, die niemals zu Ende ging! Das Buch aller Bücher!
Er mußte dieses Buch haben, koste es, was es wolle!
Koste es, was es wolle? Das war leicht gesagt! Selbst wenn er mehr als die drei Mark und fünfzehn Pfennig Taschengeld, die

er bei sich trug, hätte anbieten können – dieser unfreundliche Herr Koreander hatte ja nur allzu deutlich zu verstehen gegeben, daß er ihm kein einziges Buch verkaufen würde. Und verschenken würde er es schon gar nicht. Die Sache war hoffnungslos.

Und doch wußte Bastian, daß er ohne das Buch nicht weggehen konnte. Jetzt war ihm klar, daß er überhaupt nur wegen dieses Buches hierhergekommen war, es hatte ihn auf geheimnisvolle Art gerufen, weil es zu ihm wollte, weil es eigentlich schon seit immer ihm gehörte!

Bastian lauschte auf das Gemurmel, das nach wie vor aus dem Kabinett zu hören war.

Ehe er sich's versah, hatte er plötzlich ganz schnell das Buch unter seinen Mantel gesteckt und preßte es dort mit beiden Armen an sich. Ohne ein Geräusch zu machen, ging er rückwärts auf die Ladentür zu, wobei er die andere Tür, die zum Kabinett, ängstlich im Auge behielt. Vorsichtig drückte er auf die Klinke. Er wollte verhindern, daß die Messingglöckchen Lärm machten, deshalb öffnete er die Glastür nur so weit, daß er sich gerade eben durchzwängen konnte. Leise und behutsam schloß er die Tür von draußen.

Erst dann begann er zu rennen.

Die Hefte, die Schulbücher und der Federkasten in seiner Mappe hüpften und klapperten im Takt seiner Schritte. Er bekam Seitenstechen, aber er rannte weiter.

Der Regen lief ihm übers Gesicht und hinten in den Kragen hinein. Kälte und Nässe drangen durch den Mantel, doch Bastian fühlte es nicht. Ihm war heiß, aber nicht nur vom Laufen.

Sein Gewissen, das sich vorher in dem Buchladen nicht gemuckst hatte, war nun plötzlich aufgewacht. All die Gründe, die so überzeugend gewesen waren, erschienen ihm plötzlich völlig unglaubwürdig, sie schmolzen dahin wie Schneemänner im Atem eines feuerspeienden Drachen.

Er hatte gestohlen. Er war ein Dieb!

Was er getan hatte, war sogar schlimmer als gewöhnlicher Diebstahl. Dieses Buch war bestimmt einmalig und unersetzlich. Sicher war es Herrn Koreanders größter Schatz gewesen. Einem Geigenspieler seine einzigartige Violine stehlen oder einem König seine Krone war noch etwas anderes, als Geld aus einer Kasse zu nehmen.

Und während er so rannte, preßte er das Buch unter seinem Mantel an sich. Er wollte es nicht verlieren, wie teuer auch immer es ihn zu stehen kommen würde. Es war alles, was er auf dieser Welt noch hatte.

Denn nach Hause konnte er jetzt natürlich nicht mehr.

Er versuchte, sich seinen Vater vorzustellen, wie er in dem großen Zimmer saß, das als Labor eingerichtet war, und arbeitete. Um ihn her lagen Dutzende von Gipsabgüssen menschlicher Gebisse, denn der Vater war Zahntechniker. Bastian hatte sich noch nie überlegt, ob der Vater diese Arbeit eigentlich gern tat. Es kam ihm jetzt zum ersten Mal in den Sinn, aber nun würde er ihn nie mehr danach fragen können.

Wenn er jetzt nach Hause ging, würde der Vater in seinem weißen Kittel aus dem Labor kommen, vielleicht mit einem Gipsgebiß in der Hand, und würde fragen: »Schon zurück?« – »Ja«, würde Bastian sagen. – »Keine Schule heute?« – Er sah das stille, traurige Gesicht seines Vaters vor sich, und er wußte, daß er ihn unmöglich würde anlügen können. Aber die Wahrheit konnte er ihm erst recht nicht sagen. Nein, das einzige, was er tun konnte, war, fortzugehen, irgendwohin, weit weg. Der Vater sollte nie erfahren, daß sein Sohn ein Dieb geworden war. Und vielleicht würde er ja nicht einmal merken, daß Bastian nicht mehr da war. Dieser Gedanke hatte sogar etwas Tröstliches.

Bastian hatte aufgehört zu rennen. Er ging jetzt langsam und sah am Ende der Straße das Schulhaus liegen. Ohne es zu merken, war er seinen gewohnten Schulweg gelaufen. Die Straße kam ihm geradezu menschenleer vor, obwohl da und dort Leute gingen. Aber für einen, der viel zu spät kommt, erscheint die Welt rings um die Schule herum ja immer wie ausgestorben. Und Bastian fühlte bei jedem Schritt, wie die Angst in ihm zunahm. Er hatte sowieso Angst vor der Schule, dem Ort seiner täglichen Niederlagen, Angst vor den Lehrern, die ihm gütlich ins Gewissen redeten oder ihren Ärger an ihm ausließen, Angst vor den anderen Kindern, die sich über ihn lustig machten und keine Gelegenheit ausließen, ihm zu beweisen, wie ungeschickt und wehrlos er war. Die Schule war ihm schon immer vorgekommen wie eine unabsehbar lange Gefängnisstrafe, die dauern würde, bis er erwachsen war, und die er einfach stumm und ergeben absitzen mußte.
Aber als er jetzt durch die hallenden Korridore ging, in denen es nach Bohnerwachs und nassen Mänteln roch, als die lauernde Stille im Haus plötzlich seine Ohren verstopfte wie Wattepfropfen und als er schließlich vor der Tür seines Klassenzimmers stand, die in der gleichen Farbe von altem Spinat gestrichen war wie die Wände ringsum, da wurde ihm klar, daß er auch hier von nun an nichts mehr verloren hatte. Er mußte ja doch fort. Dann konnte er auch gleich weggehen.
Aber wohin?
Bastian hatte in seinen Büchern Geschichten gelesen von Jungen, die sich auf einem Schiff anheuern ließen und in die weite Welt hinausfuhren, um ihr Glück zu machen. Manche wurden auch Piraten oder Helden, andere kehrten viele Jahre später als reiche Männer in ihre Heimat zurück, ohne daß jemand erriet, wer sie waren.
Aber so etwas traute Bastian sich nicht zu. Er konnte sich auch

nicht vorstellen, daß man ihn als Schiffsjungen überhaupt annehmen würde. Außerdem hatte er nicht die geringste Ahnung, wie er in eine Hafenstadt kommen sollte, wo es geeignete Schiffe für solche kühnen Unternehmungen gab.
Wohin also?
Und plötzlich fiel ihm der richtige Ort ein, der einzige Ort, wo man ihn – vorläufig wenigstens – nicht suchen und nicht finden würde.

Der Speicher war groß und dunkel. Es roch nach Staub und Mottenkugeln. Kein Laut war zu hören, außer dem leisen Trommeln des Regens auf das Kupferblech des riesigen Daches. Altersschwarze mächtige Balken ragten in gleichmäßigen Abständen aus dem Dielenboden, trafen sich weiter oben mit anderen Balken des Dachstuhls und verloren sich irgendwo in der Dunkelheit. Da und dort hingen Spinnweben, groß wie Hängematten, und bewegten sich leise und geisterhaft im Luftzug hin und her. Aus der Höhe, wo eine Dachluke war, drang milchiger Lichtschein herab.
Das einzig Lebendige in dieser Umgebung, in der die Zeit stillzustehen schien, war eine kleine Maus, die über den Dielenboden hoppelte und im Staub winzig kleine Fußspuren hinterließ. Dort, wo sie ihr Schwänzchen nachzog, lief zwischen den Pfotenabdrücken ein dünner Strich. Plötzlich richtete sie sich auf und horchte. Und dann verschwand sie – husch! – in einem Loch zwischen den Dielen.
Das Geräusch eines Schlüssels in einem großen Schloß war zu hören. Langsam und knarrend öffnete sich die Speichertür, für einen Augenblick fiel ein langer Lichtstreifen durch den Raum. Bastian schlüpfte herein, dann schloß sich die Tür wieder knarrend und fiel zu. Er steckte einen großen Schlüssel von innen ins Schloß und drehte ihn herum. Dann

schob er sogar noch einen Riegel vor und stieß einen Seufzer der Erleichterung aus. Nun war er tatsächlich unauffindbar. Hier würde ihn niemand suchen. Hierher kam nur äußerst selten jemand – das wußte er ziemlich sicher –, und selbst wenn der Zufall es gewollt hätte, daß ausgerechnet heute oder morgen jemand sich hier zu schaffen machen mußte, so würde der Betreffende die Tür verschlossen finden. Und der Schlüssel war nicht mehr da. Und falls sie die Tür doch irgendwie aufkriegen würden, bliebe für Bastian noch immer genügend Zeit, sich zwischen dem Gerümpel zu verstekken.

Nach und nach gewöhnten sich seine Augen an das Dämmerlicht. Er kannte diesen Ort. Vor einem halben Jahr hatte der Hausmeister der Schule ihn beordert, ihm beim Transport eines großen Wäschekorbes voll alter Formulare und Schriftstücke, die auf den Speicher sollten, zu helfen. Damals hatte er auch gesehen, wo der Schlüssel für die Speichertür aufbewahrt wurde: in einem Wandschränkchen, das neben dem obersten Treppenabsatz hing. Er hatte seither nie mehr daran gedacht. Aber jetzt hatte er sich wieder daran erinnert.

Bastian begann zu frieren, denn sein Mantel war durchnäßt, und es war sehr kalt hier oben. Zunächst mußte er eine Stelle suchen, wo er es sich ein bißchen gemütlicher machen konnte. Schließlich würde er ja lange Zeit hierbleiben müssen. Wie lang – darüber machte er sich vorerst noch keine Gedanken, und auch nicht darüber, daß er schon sehr bald Hunger und Durst bekommen würde.

Er ging ein wenig herum.

Allerlei Gerümpel stand und lag umher, Regale voller Ordner und seit langem nicht mehr benötigter Akten, übereinandergestapelte Schulbänke mit tintenbeschmierten Pulten, ein Gestell, an dem ein Dutzend veraltete Landkarten hing, mehrere

Wandtafeln, von denen die schwarze Farbe abplatzte, verrostete eiserne Öfen, unbrauchbar gewordene Turngeräte wie zum Beispiel ein Bock, dessen Lederbezug so brüchig war, daß die Polsterung heraushing, geplatzte Medizinbälle, ein Stapel alter fleckiger Turnmatten, ferner ein paar ausgestopfte Tiere, die halb von Motten aufgefressen waren, darunter eine große Eule, ein Steinadler und ein Fuchs, allerlei chemische Retorten und Glasbehälter mit Sprüngen, eine Elektrisiermaschine, ein menschliches Skelett, das an einer Art Kleiderständer hing, und viele Kisten und Schachteln voll alter Hefte und Schulbücher. Bastian entschied sich schließlich dafür, den Stapel alter Turnmatten zu seiner Wohnstatt zu ernennen. Wenn man sich darauf ausstreckte, fühlte man sich fast wie auf einem Sofa. Er schleppte sie unter die Dachluke, wo es am hellsten war. In der Nähe lagen aufgeschichtet einige graue Militärdecken, sehr staubig freilich und zerrissen, aber durchaus brauchbar. Bastian holte sie sich. Er zog den nassen Mantel aus und hängte ihn neben das Gerippe an den Kleiderständer. Der Knochenmann pendelte ein wenig hin und her, aber Bastian hatte keine Angst vor ihm. Vielleicht weil er so ähnliche Dinge von zu Hause gewohnt war. Auch seine durchweichten Stiefel zog er aus. Strumpfsockig ließ er sich im Türkensitz auf den Turnmatten nieder und zog sich wie ein Indianer die grauen Decken über die Schultern. Neben ihm lag seine Mappe – und das kupferfarbene Buch.

Er dachte daran, daß die anderen unten im Klassenzimmer jetzt gerade Deutschstunde hatten. Vielleicht mußten sie einen Aufsatz schreiben über irgendein todlangweiliges Thema.

Bastian schaute das Buch an.

»Ich möchte wissen«, sagte er vor sich hin, »was eigentlich in einem Buch los ist, solang es zu ist. Natürlich sind nur Buchstaben drin, die auf Papier gedruckt sind, aber trotzdem – irgendwas muß doch los sein, denn wenn ich es aufschlage, dann ist da auf einmal eine ganze Geschichte. Da sind Personen, die ich noch nicht kenne, und es gibt alle möglichen Abenteuer und Taten und Kämpfe – und manchmal ereignen sich Meeresstürme, oder man kommt in fremde Länder und Städte. Das ist doch alles irgendwie drin im Buch. Man muß es lesen, damit man's erlebt, das ist klar. Aber drin ist es schon vorher. Ich möcht' wissen, wie?«

Und plötzlich überkam ihn eine beinahe feierliche Stimmung.

Er setzte sich zurecht, ergriff das Buch, schlug die erste Seite auf und begann

Die unendliche Geschichte

zu lesen.

Else Lasker-Schüler

Stadt, Buch und Läden

Ich schreibe so selten über Bücher oder Städte, durch die ich spaziere und die mich einladen zu bleiben. Bücher bedeuten für mich Städte, Städte Bücher, leere und lebensreiche. Und da das Buch mir eine ganze Stadt entfalten kann, mit Straßen und Läden und Menschen, die vor ihrem Schaufenster stehenbleiben, genügt mir schon das Buchhändlerlexikon mit der Anzeige neuerschienener Bücher. Genau wie die Stadt veranlaßt oft das Buch noch zu bleiben, alle seine mannigfachen Seiten zu durchstreifen. Nicht der Handel allein lockt den Menschen in die Großstadt oder gar die vielerlei Vergnügungen, aber der mächtige Atemschlag, die gewaltige Bewegungsmöglichkeit, der Austausch des spannenden Gaukelspiels seiner pulsierenden Gedanken und Gefühle. Wie jede Stadt einem Gulliver ein Riesenspielzimmer bedeutet, enthält selbst das wissenschaftlichste Buch seines Autors Spielsachen. Er stellt gedruckte Schau aus. Doch nicht bei jedem Buche trifft es zu, daß es sich um des Schreibers erwachsene, gereifte Spielsachen handelt, oft leider nur um übertünchte, zurückgebliebene. Darum begeistern sich gerade die bedeutenden Dichter an der noch ungefälschten, schlichten Kindlichkeit des Volksliedes. Heiliger Präsente Herzschau. Ein Zwischending der Stadt und dem Buch ist der Laden. Im Grunde ist jeder Laden ein Spielzimmer. Sein Schaufenster, das große Guckloch, sein spielerisch dekoriertes Willkommen. Nie hört, solange wir leben, das Spiel der Gedanken und der Gefühle auf, und die blutrote Spielkammer des Herzens barg wohl das allererste Spiel. Und schon der Mitteilende – legt aus, ausbreitet seine Habseligkeiten. In einem Buche allerdings befleißigt sich der Niederschreibende, methodisch die Dinge und Undinge nebeneinander zu vereinen. Steht auch kein Preis auf jedem seiner Worte, so fordert er für seine Hingabe – Verständnis. Er legt seine Produktion, manchmal aber auch die aus fremder Bezugsquelle, im Buchhändlerdeutsch angezeigt, auf den Spielplatz des Marktes. Ja, die Spielsachen sind wohl die Hauptsachen der Welt, die faßbaren und die unberührbaren. Die Honorare sind es nicht, die man meist nicht einmal erhält. Die Flut des Talentes ist es, die die Muscheln und Korallen über den Rand unserer Lippen schleudert. Der angestellte Vermittler der Spielläden unserer Spielsachen ist der Verleger – – – bei uns klingelt es nur. Für mich bedeutete schon als Kind jedes Buch, ob es von Max und Moritz oder vom Struwwelpeter handelte, einen Spielraum, wie jeder Laden unserer Stadt. Und trotzdem ich nun so wenig Zeit habe, überall bleib' ich vor dem Schaufenster stehen, mir die vielen Dinge anzusehen. Selten möchte ich dieses oder jenes mir erstehen, denn – ich habe es ja, habe ich es angesehen. Und wie man gerne ab und zu einen Schmöker liest, so liebe ich auch, die anspruchslosesten Ladenfenster primitiver Läden klirrend umzublättern. Wie amüsant sind doch die Seifenfilialen, Wasservögel, ein Schwarm davon in jedem Viertel:

Rosen, Nelkenseifen, weiß und lila Flieder
Liegen waschgerecht in sauberen Schachteln immer wieder
Zwischen Kitschodeuren und Lavendel
Pflegt man zu verpacken allerhändl
Für den Schauenden zum Zeitvertreib.
In den Tagen unserer Osterzeit,
Schäumen Osterhasen gar nicht teuer.
Besen, Scheuertücher, »Liebgeruch«, für Tante Meier,

Pinsel mit und ohne Stiel
Und zur Seite ihnen Lux und auch Persil,
Soda, Wichse, beinah viel zu viel.
Nippes sind mir all die primitiven Dinge –
Ich wand're weiter und ich singe:

»Es gibt ja so viel Läden, was brauch' ich einen Bücherschrank!« Zerstreuung bietet mir der Straßen mannigfaches Leben. Obendrein ich eine Spiellust geerbt hab' sondergleichen; wahrscheinlich nur meinem Vater zum Vorwand geboren bin, noch in seinen weißen Jahren die Spielware der Läden, mich vorschiebend, unauffällig betrachten zu können. Daß er sich Kreisel, Murmeln, blecherne Enten, die watscheln konnten und schnattern, zur Morgenimbißfreude kaufte, aber ebenso in den Weinhandlungen die Flaschen und kleinen Fäßchen Mosel, seine beschwipsten Kasperlefiguren jauchzend tanzen ließ, daran waren die fröhlich Zechenden schon gewöhnt. Könnte man wie Bücher die Läden auf Regalen ordnen oder irgendwo auf Marmor legen, so würde man, wie bei Büchern, von Romanläden und Gedichtläden, wertvollen und tiefen Läden, Schmöker- und Hintertreppenläden sprechen und sie so unterscheiden. Gestern, es war am Sonntag, bekam ich einen lyrischen Laden, einen Erstklassiker, in mein Haus gesandt, zwischen silberrauschenden Bucheinbänden: 100 Jahre Gebrüder Friedländer. Der Senior des kostbar verbrämten Spielladens Unter den Linden grub einst selbst das Material zu den edlen Spielsachen – in Australien.

Italo Calvino

Ein neues Buch

Du schickst dich an, den neuen Roman *Wenn ein Reisender in einer Winternacht* von Italo Calvino zu lesen. Entspanne dich. Sammle dich. Schieb jeden anderen Gedanken beiseite. Laß deine Umwelt im ungewissen verschwimmen. Mach lieber die Tür zu, drüben läuft immer das Fernsehen. Sag es den anderen gleich: »Nein, ich will nicht fernsehen!« Heb die Stimme, sonst hören sie's nicht: »Ich lese! Ich will nicht gestört werden!« Vielleicht haben sie's nicht gehört bei all dem Krach; sag's noch lauter, schrei: »Ich fang' gerade an, den neuen Roman von Italo Calvino zu lesen!« Oder sag's auch nicht, wenn du nicht willst; hoffentlich lassen sie dich in Ruhe.

Such dir die bequemste Stellung: sitzend, langgestreckt, zusammengekauert oder liegend. Auf dem Rücken, auf der Seite, auf dem Bauch. Im Sessel, auf dem Sofa, auf dem Schaukelstuhl, auf dem Liegestuhl, auf dem Puff. In der Hängematte, wenn du eine hast. Natürlich auch auf dem Bett oder im Bett. Du kannst auch Kopfstand machen, in Yogahaltung. Dann selbstverständlich mit umgedrehtem Buch.

Sicher, die ideale Lesehaltung findet man nie. Früher las man im Stehen, vor einem Lesepult. Man war ans Stehen gewöhnt. Man entspannte sich dadurch vom Reiten. Beim Reiten zu lesen, ist noch niemandem eingefallen; und doch reizt dich jetzt der Gedanke an ein Lesen im Sattel, das Buch an die Mähne des Pferdes gelehnt, womöglich mit einem besonderen Zaumzeug an den Ohren befestigt. Mit den Füßen in Steigbügeln müßte man sehr gut lesen können, hochgestützte Füße sind die erste Bedingung für den Genuß einer Lektüre.

Also worauf wartest du noch? Streck die Beine aus, leg ruhig die Füße auf ein Kissen, auf zwei Kissen, auf die Sofalehne, auf die Ohrenstützen des Sessels, aufs Teetischchen, auf den Schreibtisch, aufs Klavier, auf den Globus. Zieh aber erst die Schuhe aus, wenn du die Füße hochlegen willst. Wenn nicht, zieh sie wieder an. Bleib jedenfalls nicht so sitzen, mit den Schuhen in der einen Hand und dem Buch in der anderen.

Stell dir das Licht so ein, daß deine Augen nicht müde werden. Mach's gleich, denn wenn du erst einmal in die Lektüre vertieft bist, kannst du dich nicht mehr regen. Sieh zu, daß die Buchseite nicht im Schatten liegt, sonst drängen sich schwarze Lettern auf grauem Grund, gleichförmig wie ein Haufen Mäuse; laß das Licht aber auch nicht zu grell auf die Seite fallen, sonst reflektiert es auf dem harten Weiß des Papiers und frißt die Konturen der Buchstaben weg wie eine südliche Mittagssonne. Tu möglichst alles, um die Lektüre nicht später unterbrechen zu müssen. Leg dir Zigaretten in Reichweite, falls du Raucher bist, einen Aschenbecher. Was fehlt noch? Mußt du vielleicht aufs Klo? Bitte, das weißt du selber am besten.

Nicht, daß du dir gerade von diesem Buch etwas Besonderes versprichst. Du bist einer, der sich grundsätzlich nichts mehr von irgend etwas verspricht. So viele andere, jüngere oder weniger junge als du, leben noch in der Erwartung, daß ihnen etwas Außergewöhnliches widerfährt, durch Bücher, durch Menschen, durch Reisen, durch Ereignisse oder durch das, was der nächste Tag bringen wird. Du nicht. Du weißt, daß man bestenfalls hoffen kann, das Schlimmste zu vermeiden. Zu diesem Ergebnis bist du gekommen, im Privatleben wie in den großen oder gar weltbewegenden Fragen. Und im Umgang mit Büchern? Eben, grad weil du es dir auf allen anderen Gebieten verboten hast, hältst du es nur für recht und billig, dir dieses jugendliche Vergnügen der Erwartung wenigstens noch in einem so klar umgrenzten Bereich wie dem der Bücher zu erlauben, wo es dir gut oder schlecht ergehen kann, wo aber die Gefahr der Enttäuschung nicht weiter schlimm ist.

Gut, du hast also in der Zeitung gelesen, daß *Wenn ein Reisender in einer Winternacht* erschienen ist, ein neues Buch von Italo Calvino, der seit Jahren keins mehr veröffentlicht hat. Du bist in eine Buchhandlung gegangen und hast dir den Band gekauft. Recht so.

Schon im Schaufenster hast du den Umschlag mit dem gesuchten Titel entdeckt. Der Blickspur folgend, bist du im Laden vorgedrungen, mitten durch die dichten Reihen der Bücher, Die Du Nicht Gelesen Hast, die dich finster anstarrten von Regalen und Tischen, um dich einzuschüchtern. Aber du weißt, daß du dich davon nicht abschrecken lassen darfst, denn hektarweise erstrecken sich unter ihnen die Bücher, Von Deren Lektüre Du Absehen Kannst, die Bücher, Die Zu Anderen Zwecken Als Dem Der Lektüre Gemacht Sind, sowie die Bücher, Die Schon Gelesen Sind Bevor Man Sie Aufschlägt Weil Zugehörig Zur Kategorie Des Schon Gelesenen Bevor Es Überhaupt Geschrieben Wurde. So überwindest du rasch den ersten Verteidigungsring, und nun überfällt dich die Infanterie der Bücher, Die Du Bestimmt Gern Lesen Würdest Wenn Du Mehrere Leben Hättest Aber Leider Sind Deine Tage Eben Was Sie Sind. Mit einer raschen Bewegung schiebst du sie beiseite und stürzt dich auf die Phalanx der Bücher, Die Du Irgendwann Mal Zu Lesen Gedenkst Aber Vorher Mußt Du Noch Andere Lesen, der Bücher, Die Dir Zu Teuer Sind Und Bei Denen Du Ruhig Abwarten Kannst Bis Sie Als Sonderausgabe Zu Ermäßigtem Preis Erscheinen, der Bücher Dito Bis Sie In Einer Taschenbuchreihe Erscheinen, und schließlich der Bücher, Die Alle Bereits Gelesen Haben So

Daß Es Beinahe Ist Als Ob Du Sie Auch Schon Gelesen Hättest. Nach erfolgreicher Abwehr all dieser Attacken dringst du vor bis unter die Türme der Festung, wo dir Widerstand leisten:

- die Bücher, Die Du Schon Seit Langem Mal Lesen Wolltest,
- die Bücher, Die Du Seit Jahren Vergeblich Gesucht Hast,
- die Bücher, Die Etwas Behandeln Das Dich Gerade Beschäftigt,
- die Bücher, Die Du Für Alle Fälle Gern Griffbereit Hättest,
- die Bücher, Die Du Dir Bereitlegen Könntest Zwecks Eventueller Lektüre Im Sommer,
- die Bücher, Die Du Bräuchtest Um Sie Neben Andere Bücher In Dein Regal Zu Stellen,
- die Bücher, Die Eine Plötzliche Heftige Und Nicht Ganz Erklärliche Neugier In Dir Wecken.

Immerhin ist es dir nun gelungen, die endlose Zahl der aufgebotenen Streitkräfte auf eine zwar noch recht beachtliche, aber doch schon in endlichen Zahlen kalkulierbare Größe zu reduzieren, mag auch diese relative Erleichterung noch beeinträchtigt werden durch die Hinterhalte der Bücher, Die Du Vor Langer Zeit Gelesen Hast Und Nun Dringend Mal Wieder Lesen Müßtest, sowie auch der Bücher, Die Du Immer Schon Längst Gelesen Zu Haben Behauptet Hast Und Nun Dringend Mal Wirklich Lesen Solltest.
Mit raschen Zickzacksprüngen entgehst du ihnen und springst mitten hinein in die Zitadelle der Neuerscheinungen, Deren Autoren Oder Themen Dich Irgendwie Reizen. Auch innerhalb dieser Festung kannst du Breschen in die Front der Verteidiger schlagen, indem du sie zerteilst nach Neuerscheinungen, Deren Autoren Oder Themen Nicht Neu Sind (für dich

oder überhaupt), und nach Neuerscheinungen, Deren Autoren Oder Themen Noch Völlig Unbekannt Sind (jedenfalls für dich), um dann den Reiz, den sie auf dich ausüben, zu bestimmen anhand deiner Wünsche und Bedürfnisse nach Neuem und nach Nicht-Neuem (nach Neuem, das du im Nicht-Neuen suchst, und nach Nicht-Neuem, das du im Neuen suchst).
Dies alles nur, um zu sagen, daß du nach einem raschen Blick über die in der Buchhandlung ausgestellten Bände schnurstracks zu einem Stapel druckfrischer Exemplare von *Wenn ein Reisender in einer Winternacht* geeilt bist, eins davon genommen und zur Kasse getragen hast, um dir ein Eigentumsrecht darauf zuerkennen zu lassen.
Du hast noch einen verwirrten Blick auf die Bücher ringsum geworfen (genauer gesagt, es waren die Bücher, die dich ansahen mit den verwirrten Blicken von Hunden in den Gattern des städtischen Tierheims, die einen ihrer Gefährten davonziehen sehen an der Leine des Herrchens, das ihn auszulösen gekommen ist) und bist hinausgegangen.
Das eben erschienene Buch bereitet dir eine besondere Freude, denn es ist ja nicht nur ein Buch, was du da in der Hand hältst, sondern auch seine Neuheit, die freilich auch nur die Neuheit einer fabrikneuen Ware sein könnte, eine vergängliche Schönheit, mit der auch die Bücher sich schmücken und die nur so lange vorhält, bis der Schutzumschlag zu vergilben beginnt, sich auf den Beschnitt ein leichter Smogschleier legt und der Rücken brüchig wird im rasch einsetzenden Herbst der Bibliotheken. Aber nein, du hoffst stets, auf die wahre Neuheit zu stoßen, die, da sie einmal neu gewesen ist, immer neu bleibt. Nach der Lektüre des eben erschienenen Buches wirst du dich seiner Neuheit vom ersten Moment an bemächtigt haben, ohne ihr später nachlaufen und sie von hinten einholen zu müssen.

Ob du diesmal den richtigen Griff getan hast? Man weiß ja nie. Sehen wir doch mal, wie es anfängt.
Vielleicht hast du schon im Laden ein bißchen darin geblättert. Oder du konntest es nicht, weil das Buch noch eingeschweißt war. Nun stehst du im Bus, eingezwängt zwischen anderen Leuten, hängst mit der einen Hand an einem Haltegriff und versuchst mit der freien anderen, das Buch auszupacken, ein bißchen zappelig wie ein Affe, der eine Banane schälen und dabei weiter an seinem Ast baumeln will. Paß auf, du stößt die Nachbarn an. Entschuldige dich wenigstens.
Oder vielleicht hat der Mann an der Kasse das Buch gar nicht eingepackt, sondern es dir in einer Tragtasche überreicht. Das vereinfacht die Sache. Du sitzt am Steuer deines Wagens, hältst vor einer Ampel, ziehst das Buch aus der Tragtasche, reißt die Zellophanhülle ab und machst dich daran, die ersten Zeilen zu lesen. Ein Hupkonzert geht hinter dir los: Es ist grün, du behinderst den Verkehr.
Du sitzt im Büro an deinem Schreibtisch und hast das Buch wie von ungefähr zwischen deine Geschäftspapiere gelegt; irgendwann nimmst du eine bestimmte Akte zur Hand, und da liegt es vor dir. Du schlägst es beiläufig auf, stützt die Ellbogen auf den Tisch, stützt die Schläfen in die geballten Fäuste, es scheint, als wärst du ins Studium eines Dossiers vertieft, in Wahrheit erforschst du die ersten Seiten deines Romans. Du lehnst dich langsam zurück, balancierst auf den Hinterbeinen des Stuhls, ziehst eine Seitenschublade aus dem Schreibtisch, um die Füße darauf zu stellen, denn die Fußstellung ist beim Lesen von größter Bedeutung; schließlich streckst du die Beine aus und legst sie lang auf den Tisch, quer über die unerledigten Vorgänge.
Scheint dir das nicht ein bißchen respektlos? Nicht deiner Arbeit gegenüber, versteht sich (niemand würde sich anmaßen,

deine berufliche Leistung in Frage zu stellen; nehmen wir an, deine Pflichten fügen sich zwanglos in jenes System unproduktiver Tätigkeiten, das einen so großen Teil der Volks- und Weltwirtschaft ausmacht), aber dem Buch gegenüber. Zumal wenn du gar – aus Not oder Neigung – zu jenen Menschen gehören solltest, für die arbeiten wirklich arbeiten heißt, also etwas leisten, ob willentlich oder absichtslos, das auch für die anderen nützlich ist oder jedenfalls nicht ganz unnütz; dann nämlich wird dir das Buch, das du dir als eine Art Amulett oder Talisman an den Arbeitsplatz mitgebracht hast, zu einer permanenten Versuchung, es zieht deine Aufmerksamkeit immer wieder für ein paar Sekunden von ihrem Hauptgegenstand ab, sei dieser nun ein elektronischer Datenspeicher, die Herdbatterie einer Großküche, das Schaltgestänge einer Planierraupe oder ein Patient mit offenliegenden Eingeweiden auf dem Operationstisch.

So ist es wohl alles in allem besser, du bezwingst deine Neugier und schlägst das Buch erst zu Hause auf. Also jetzt. Du sitzt ruhig in deinem Zimmer, du öffnest das Buch auf der ersten Seite, nein, auf der letzten, du willst erst mal sehen, wie lang der Roman ist. Glücklicherweise ist er nicht allzu lang. Lange Romane von heutzutage sind vielleicht etwas unzeitgemäß: Die zeitliche Dimension ist zerbrochen, wir leben und denken nur noch in Fragmenten von Zeit, die jeweils auf einer eigenen Bahn davonfliegen und im Nu entschwinden. Zeitliche Dauer finden wir nur noch in Romanen aus jener Epoche, als die Zeit nicht mehr stillzustehen und noch nicht explodiert zu sein schien, eine Epoche, die alles in allem rund hundert Jahre währte, nicht länger.

Du drehst das Buch in den Händen und überfliegst die Sätze auf der Rückseite, auf dem Waschzettel: Allgemeinheiten, die nicht viel besagen. Um so besser, keine Aussage schiebt sich anmaßend-indiskret vor oder über das, was das Buch selber zu sagen hat, was du ihm abpressen mußt, sei es nun viel oder wenig. Freilich, auch dieses Herumgehen um das Buch, dieses Drumherumlesen vor dem Drinlesen gehört mit zur Freude am neuen Buch, doch wie alle Vorfreuden hat es eine bestimmte Optimaldauer, wenn es zur dauerhaften Freude am Akt als solchen führen soll, das heißt am Lesen des Buches.

So bist du nun endlich bereit, dich über die ersten Zeilen der ersten Seite herzumachen. Gleich wirst du den unverwechselbaren Ton dieses Autors wiedererkennen. Nein. Nein, du erkennst ihn nicht wieder. Aber wer sagt denn auch, wenn man's recht bedenkt, daß dieser Autor einen unverwechselbaren Ton hätte? Im Gegenteil, man weiß doch, daß er sich von Buch zu Buch sehr verändert. Und gerade an diesen Veränderungen erkennt man ihn. Hier allerdings sieht es nun aus, als hätte dies wirklich gar nichts mit dem zu tun, was er sonst so geschrieben hat, jedenfalls soweit du dich erinnern kannst. Eine Enttäuschung? Wir werden sehen. Vielleicht bist du zunächst ein wenig verwirrt, wie wenn du einem Menschen begegnest, von dem du dir aufgrund seines Namens ein bestimmtes Bild gemacht hast, und nun bemühst du dich, seine Züge mit denen, die dir vorgeschwebt hatten, in Einklang zu bringen, und es geht nicht. Dann aber liest du weiter und merkst, daß die Sache immerhin lesbar ist, unabhängig von deinen Erwartungen an den Autor; ja das Buch selber macht dich neugierig, und wenn du's recht bedenkst, ist dir's auch lieber so, nämlich etwas vor dir zu haben, von dem du noch nicht genau weißt, was es ist.

Amir Hassan Cheheltan
Großmutters Geschichte

Als Kind hatte ich natürlich weder eine klare Vorstellung von Literatur noch davon, was donnerstags in unserem Gästezimmer vorging. Für mich waren die Sitzungen dort damals unerreichbar. Erste Kontakte mit der Welt der Fantasie aber nahm ich auf, wenn meine Großmutter mir ihre Geschichten erzählte. Sie ist die Einzige, die nach ihrem Tod in meinem Leben weiterexistiert, und das wird so bleiben, so lange ich sie als Erzählerin in Erinnerung behalte.

Ich weiß noch, wenn sie bei uns war, wünschte ich mir über lange Zeit hinweg eine Geschichte aus der Fabelsammlung *Kalileh und Damneh*, im zwölften Jahrhundert christlicher Zeitrechnung aus dem Arabischen (und zuvor aus dem Sanskrit des indischen Originals ins Mittelpersische) übertragen. Ich konnte mich an dieser Geschichte nicht satthören, die von einem Affen handelt, der immer ohne sein vor Kummer schweres Herz aus dem Haus geht. Er lässt es zu Hause, damit den Menschen, die er besucht, nicht auch schwer wird ums Herz, und folgt damit einem alten Affenbrauch.

Meine Großmutter setzte sich zu mir ans Bett, strich mir sanft über die Stirn und sprach leise, aber bewegt, wenn sie mir meine Lieblingsgeschichte erzählte. Dann und wann hob sie die Stimme, um Bedeutendes zu betonen, und ließ sie im nächsten Moment wieder sinken. Mit wohlgesetzten Pausen und wechselnden Tonlagen verlieh sie jeder Geschichte geschickt die passende Wirkung.

Ein Schildkrötenmann zog sich zur Erholung für zwei, drei Tage auf eine Insel zurück und freundete sich mit einem dort

lebenden Affen an. Die Freundschaft wurde mit der Zeit so eng, dass der Schildkrötenmann seine Frau, seine Heimat und Haus und Hof völlig vergaß.
Dass er nicht mehr nach Hause kam, beunruhigte seine Frau, die sich in ihrer Sorge ihrer Stiefschwester anvertraute: »Ob meinem lieben Mann etwas zugestoßen ist? Er fehlt mir sehr. Ich sehne mir die Seele aus dem Leib.«
Die Stiefschwester wusste wohl, warum Herr Schildkröt noch nicht wieder zu Hause war: »Man sagt, dein Mann habe sich auf einer fernen Insel mit einem Affen angefreundet und finde das Leben mit ihm unvergleichlich schön. Er bedauert zwar, dass er fern von dir ist, tröstet sich mit seinem neuen Freund aber darüber hinweg.«
Frau Schildkröt wird wütend: »O tückisches Schicksal«, schimpft sie, »du hast meinen Mann in die Arme eines anderen getrieben! Von Liebe und Zuneigung hat der Treulose wohl noch nie gehört?«
Ihre Stiefschwester beschwichtigt sie: »Sei dem, wie es sei. Jammern hilft jetzt nichts. Wir müssen überlegen, was wir tun können.«
Gemeinsam suchten sie nach einer Lösung und fanden, der Affe habe den Tod verdient. Frau Schildkröt stellte sich krank und sandte einen Boten, der Herrn Schildkröt die Nachricht von seiner kranken Gattin überbrachte. Als Herr Schildkröt erfuhr, wie schlecht es seiner Frau ging, bat er den Affen um Erlaubnis, zu Hause nach seiner Schildkrötfrau zu schauen. »Mein Freund, wie mitfühlend du bist«, fand der Affe und stellte eine Bedingung: »Komm so bald wie möglich wieder, lass mich nicht zu lang allein. Ohne dich werden Kummer und Sehnsucht meine Begleiter sein.«
Herr Schidkröt versprach, bald zurückzukehren, nahm Abschied und machte sich auf den Weg in seine alte Heimat.

Dort angekommen, sah er seine Frau auf dem Totenbett liegen. Sie erwiderte seine Begrüßung nicht und schien auch seine teilnahmsvollen Worte nicht zu hören. So fragte Herr Schildkröt die seine Frau liebevoll umsorgende Stiefschwester: »Warum bringt die Kranke kein Wort über die Lippen? Warum sagt sie mir nicht, was ihr fehlt?«
Die Stiefschwester erklärte: »Wenn man eine Krankheit hat, gegen die kein Mittel hilft und gegen die bisher auch kein neues Mittel gefunden wurde, vergeht einem die Lust aufs Zuhören und Reden.«
Teilnahmsvoll sagte Herr Schildkröt: »Welches Heilmittel ist es denn wohl, das sich, trotz aller Mühen, hier nirgends finden lässt? Sagt es mir, geschwind, damit ich mich auf die Suche machen kann, rund um die Welt, ob wie ein Fisch am Grunde der See oder wie der Mond am Himmel oben, ich werde es finden, und sei's um den Preis meines eigenen Lebens.«
Die Stiefschwester entgegnete: »Sie hat ein Frauenleiden, genauer gesagt, ihre Gebärmutter ist davon befallen, und das einzige Heilmittel ist ein Affenherz.«
»Wie und woher soll man das wohl beschaffen?«, fragte Herr Schildkröt.
Da die Stiefschwester diese List ersonnen hatte, erklärte sie näher: »Auch wir wissen, wie schwierig es ist, diese hochwirksame Arznei aufzutreiben. Doch nicht deshalb haben wir dich gerufen. Du sollst nur deine treue Gefährtin zum letzten Mal sehen und dich von ihr verabschieden können.«
Tieftraurig sah Herr Schildkröt nun den einzigen Ausweg darin, den Affen zu töten. Er war hin- und hergerissen. Einerseits würde er die Freundschaft zu jemandem mit Füßen treten, der nicht verdient hatte, dass man ihm Gewalt antat. Andererseits ließ ihm keine Ruhe, dass er Verantwortung für sein Haus und seine Frau trug. Schweren Herzens kam er zu dem

Schluss, dass das Befinden des Affen geringer zu bewerten sei. Die Liebe zu seiner Frau gewann die Oberhand. Doch er wusste, er würde seinen Plan nur umsetzen können, wenn er den Affen zu sich nach Hause brachte.

Der hatte inzwischen so große Sehnsucht nach ihm, dass auch seine Freude groß war, als er ihn endlich wiedersah. Er begrüßte Herrn Schildkröt vergnügt und fragte sogleich nach Frau Schildkröts Befinden. Worauf Herr Schildkröt zur Antwort gab: »Meine Sehnsucht nach dir war so groß, dass ich das Wiedersehen mit meiner Frau nicht genießen konnte. Der Gedanke daran, wie einsam und allein du hier warst, verdarb mir alle Freude am Gespräch mit ihr. Und ich habe mich gefragt, ob du dich hier vielleicht vergnügst, während dein treuer Freund sich nach dir sehnt. Deshalb bin ich nun hier, um dich zu mir nach Hause zu holen, damit auch meine Frau in den Genuss deiner Bekanntschaft kommt.«

Woraufhin der Affe einwandte: »Freunde, die fern voneinander sind, können in der Fantasie mühelos zueinanderfinden. Denn Entfernung steht einer geistigen Begegnung nicht im Weg. So besteht doch, allem Anschein nach, kein Grund zur Traurigkeit.«

Da Herr Schildkröt seine Bitte jedoch wiederholte, willigte der Affe schließlich ein: »Dein Wunsch sei mir Befehl. Aber schwimmen kann ich nicht.«

»Keine Sorge«, sagte Herr Schildkröt, »ich trage dich huckepack ans andere Ufer.« Gesagt, getan. Herr Schildkröt nahm den Affen auf den Rücken und brach mit ihm in seine Heimat auf.

Mitten auf hoher See aber wurde ihm das Herz schwer. Der Plan, den er für den Affen ersonnen hatte, würde im Grunde allein seinen Ruf ruinieren, da er sich anschickte, ein gesundes Wesen zu töten, um ein krankes Wesen zu retten. »Freie

Menschen tun das nicht«, dachte er. Gedankenverloren hielt er mitten im Wasser inne. »Warum so nachdenklich?«, fragte der Affe. »Bin ich dir zu schwer geworden, dass du so lange zögerst?«
»Wie kommst du darauf?«, fragte Herr Schildkröt.
»Man sieht dir an, dass du zweifelst«, antwortete der Affe. »Nenn mir den Grund für dein Zögern, vielleicht kann ich dir helfen.«
»Du hast recht«, sagte Herr Schildkröt. »Mir ging durch den Kopf, dass du mich ja zum ersten Mal besuchst, und da meine Frau krank ist, wird sie dich nicht angemessen bewirten können. Das wird mir peinlich sein.«
»Du willst, dass es mir an nichts fehlt, ich weiß«, sagte der Affe. »Zerbrich dir nicht den Kopf über den Brauch der guten Bewirtung von Fremden. Ich bin ja kein Fremder.«
Herr Schildkröt schwamm ein Stück weiter, doch seine Gedanken holten ihn bald darauf wieder ein: »Die Frauen haben mich in den Strudel der Untreue gerissen und mich dazu gebracht, mein Wort zu brechen. Aber ich weiß, auch sie halten Abmachungen nicht ein, und es wäre äußerst unklug, von ihnen zu erwarten, dass sie treu sind. Warum soll ich mich feige von ihnen täuschen lassen? Und was sollen die Gottesfürchtigen von mir denken?«
Wieder versank er in Gedanken, und wieder hielt er inne. Der Affe wurde noch misstrauischer und fragte Herrn Schildkröt abermals: »Warum gerätst du immer wieder ins Grübeln?«
»Ach Bruder«, bat Herr Schildkröt, »verzeih mir, aber der Gedanke an meine kranke Frau und an die Kinder, die es deshalb sehr schwer haben, lässt mich nicht los.«
Woraufhin der Affe sagte: »Ich dachte mir schon, dass deine Frau krank ist. So sag mir doch, was ihr fehlt und wie man ihr helfen kann. Jeder Schmerz ist heilbar.«

»Die Ärzte fordern ein Heilmittel, das ich nicht habe«, sagte Herr Schildkröt.
Der Affe fragte: »Sag, welche Arznei soll das sein, die man nirgendwo kaufen kann? Vielleicht kann ich sie ja beschaffen.«
Herrn Schildkröt rutschte die unbedachte Antwort heraus: »Die seltene Arznei ist ein Affenherz.«
Als der Affe das hörte, wurde ihm himmelangst und sogleich rabenschwarz vor Augen. Doch er ließ sich nichts anmerken und dachte bei sich: »Wie dumm von mir, mich hinters Licht führen zu lassen. Ich bin in eine Todesfalle getappt. Nur mit List und Tücke werde ich ihr entkommen.«
Und laut sagte er: »Ich weiß, wie dieser Frau zu helfen ist, und ich kann die Medizin mühelos beschaffen. Sei unbesorgt. Viele Affenfrauen leiden an dieser Krankheit, und wir überlassen ihnen unser Herz, ohne selbst größeren Schaden zu nehmen, weil wir auch ohne Herz leben können. Ich werde dir mein Herz nicht vorenthalten. Wenn du mir vor unserem Aufbruch Bescheid gesagt hättest, hätte ich es mitgenommen, und es wäre wunderschön gewesen, wenn deine Frau sofort nach unserer Ankunft bei euch genesen wäre. Mein Herz ist mir zur Last geworden, und ich wünsche mir nichts sehnlicher, als mich davon zu trennen, weil es so schwer ist vor Kummer, vor Leid, vor Sorgen.«
»Wo ist denn dein Herz, dass du's nicht mit auf die Reise genommen hast?«, wollte Herr Schildkröt wissen.
Der Affe sagte: »Ich hab's zu Hause gelassen. Das ist so Brauch bei uns. Wenn ein Affe seine Freunde besuchen und schöne Stunden mit ihnen verbringen will, geht er stets ohne sein schweres Herz aus dem Haus. Jetzt ist es unhöflich, deine Frau mit leeren Händen zu besuchen. Du würdest es mir vielleicht verzeihen, aber deine Nächsten würden sich gewiss fra-

gen, warum ich als dein guter Freund dir mein Herz vorenthalte. Kehren wir also um, damit ich es holen kann.«
Diesmal zögerte Herr Schildkröt nicht. Er machte auf der Stelle kehrt und schwamm zurück ans Ufer. Dort kletterte der Affe geschwind auf einen Baum und dankte Gott dafür, dass er mit dem Leben davongekommen war.
So endete unsere Geschichte und hatte den magischen Kreis beschrieben, der ihr Ende mit ihrem Anfang verband. Und ich schlief mit der Gewissheit ein, dass die Welt geschaffen worden war, um sie zu genießen.

Claire Beyer

Mias Wunder

Über Mia lässt sich nichts Ungewöhnliches sagen. Sie ist zwölf Jahre alt und für ihr Alter eher klein. Überhaupt ist sie ein zartes, unauffälliges Mädchen, das meistens vor ihrem Elternhaus auf der Treppe sitzt und mal den Menschen, mal den Autos, dann wieder den Blättern nachschaut, wenn die – wie jetzt im Spätherbst – von den Bäumen abgeworfen werden. Man sieht sie so gut wie nie mit Freundinnen und auch nicht in der Stadtbücherei, obwohl sie wie ein Lesekind wirkt. Verträumt und nachdenklich. Zur Schule geht sie nicht ungern, doch noch lieber sind ihr die Ferien. Da hat sie die Zeit für ihre Treppe und für alles, was sich von dort aus beobachten lässt. Wenn es kälter wird, verkürzt sie den Aufenthalt vor dem Haus und richtet sich am Fenster ein, das zur Straße zeigt. Wer an ihr vorbeilief, hatte nie den Eindruck, dass sie auf etwas wartete. Und doch war es so.

Sie wartete auf Frau Sommer, die mit ihrer Familie eine Villa am Ende der Straße bewohnte, dort, wo die *Engelswiese* lag, die die Form zweier Flügel hatte und deshalb so genannt wurde. Im Frühling standen die Blüten des Löwenzahns auf ihr so eng zusammen, dass der Eindruck entstand, der Engel wäre in ein gelbes Kleid geschlüpft, doch jetzt, da der Winter bald Einzug hielt, sah man nur noch einzelne braune Halme zwischen Erdklumpen herausragen, und um die Flügel zu erkennen, brauchte es viel Fantasie. Auch die beiden Pferde – niemals sah man, dass sie geritten oder ausgeführt wurden – waren verschwunden, obwohl sie den ganzen Sommer auf der Wiese grasten. Kinder hatten das ganze Jahr versucht, sie zu

sich zu locken, hatten ihnen Grasbüschel entgegengestreckt, doch die Tiere sahen nicht einmal auf.
Frau Sommer kam täglich zur selben Zeit an Mias Treppe oder ihrem Fenster vorbei. Seit zwei Jahren ging das nun so, denn vor zwei Jahren war Frau Sommer Mutter geworden. Vom ersten Tag an schob sie einen Kinderwagen die Straße entlang, und Mia hatte nach wenigen Wochen den Mut aufgebracht und darum gebeten, das Neugeborene einmal sehen zu dürfen. Die Frau hatte lächelnd zugestimmt, aber entschuldigend hinzugefügt, sie dürfe nicht lange stehen bleiben, sonst brülle der Kleine und höre nicht mehr auf. Mia hörte das Kind, ehe sie es sah. Schnell zog sie sich zurück, und Frau Sommer setzte ihren Weg fort. Man hörte das Schreien noch, bis sie ganz aus Mias Blickfeld verschwunden war.
Trotz des weinenden Kindes erfüllte Mia die kurze Begegnung mit Freude, fast mit Stolz. Frau Sommer war ihretwegen stehen geblieben und hatte ihr erlaubt, den Säugling zu betrachten. Die schöne, reiche Frau Sommer, die so gut roch. Mias Mutter roch nach Zigaretten, manchmal auch nach Alkohol und schlechter Laune. Ihr Vater war selten zu Hause, und wenn, dann roch er nach Öl oder Benzin. Auf der Treppe war die Luft deutlich reiner.
Irgendwann saß der Junge in einem Buggy. Er schien sich zu freuen, wenn er das Mädchen sah, und brüllte nicht mehr, wenn seine Mutter bei ihr stehen blieb. Ein paar nette Worte, ein Streicheln über den Lockenschopf des Kleinen, dann eilte Frau Sommer weiter. Und doch hatte Mia erfahren können, dass er Wilhelm hieß. Wilhelm, wie sein Großvater, der die Villa an der Engelswiese erbaut hatte.
Am letzten Schultag vor den Schulferien wurde das tägliche Ritual jäh unterbrochen. Frau Sommer kam direkt auf das Mädchen zu und streckte ihr die Hand entgegen. Mia war zu-

nächst unsicher, dann erwiderte sie den leichten Händedruck, wollte schnell den Arm zurückziehen, doch Frau Sommer hielt Mias Hand fest. Ob sie sich vorstellen könne, ab und zu auf Wilhelm aufzupassen, ihn zu füttern und ins Bett zu bringen? *Ja! Ja!*, dachte Mia, gab mit einem Nicken ihre Zustimmung. Schon am selben Abend sollte sie zur Villa kommen, um sich mit allem vertraut zu machen, insbesondere mit dem Füttern und Zubettbringen des Jungen. Letztere Aussage betonte Frau Sommer, indem sie Mia, der eine tiefe Röte ins Gesicht schoss, in die Augen sah.
Am Abend blieb Mia für wenige Augenblicke vor der hölzernen Eingangstür der Villa stehen. Sie bestaunte das Rosenbeet, das sich vom Eingang wie ein blühendes Band am Haus entlangschlängelte und offenbar seinen Weg auf die Rückseite fortsetzte. Sie bewunderte die großen, hohen Fenster mit den dunklen Einfassungen, die Schnitzereien am Portal und die eiserne Leuchte darüber. Weiter kam sie nicht mit ihren Betrachtungen, denn die Tür wurde geöffnet, und Frau Sommer lächelte ihr entgegen. Sie trug ein elegantes Kostüm aus dunkelblauer Seide, mit einem weiten, schwingenden Rock. Mia streifte ihn, als sie die Villa betrat. Vom Ehemann und Vater war nichts zu sehen. Überhaupt bekam sie ihn erst später, als sich ihr Besuch wiederholte, zu Gesicht. Das Innere des Hauses war aber eindeutig von einem Mann gestaltet worden. Die Kommode aus dunklem Holz, schwarze Ledersessel, und an den Wänden hingen Ölbilder der Vorfahren – das einzig Schmückende im Eingangsbereich. Der Kontrast zu den hellen, zarten Rosen vor dem Haus hätte nicht größer sein können. Mia folgte Frau Sommer, die mit schnellen Schritten einen dunklen Flur entlangschritt. Den Zugang zum Kinderzimmer öffnete die letzte der langen Reihe schwerer Türen, die links und rechts in nahezu perfekter Symmetrie angeord-

net waren. Wilhelm saß, von hellen Holzklötzen umgeben, auf dem Boden und war so tief in sein Spiel versunken, dass er weder seine Mutter noch Mia wahrnahm. Mit leicht geröteten Wangen und den blonden Locken sah er aus wie eine der Engelsfiguren an der Decke der örtlichen Kirche. Als er schließlich aufsah und das Mädchen erkannte, lächelte er ein wenig und streckte ihr die Arme entgegen. Mia wollte ihn schon hochheben, doch Frau Sommer bat sie zu warten. Zunächst sollte Wilhelm seinen Brei essen, der neben einem Glas Milch auf einem kleinen Tischchen am Fenster stand. Wilhelm schüttelte den Kopf und ließ sich wieder auf den Boden fallen, den Rücken wandte er der Mutter zu. Endlich ließ er sich aber überzeugen und durfte noch eine Weile mit Mia und den Holzklötzchen spielen.

Das Mädchen blieb, bis der Junge von seiner Mutter ins Bett gebracht wurde, sich zur Seite drehte und dort still verharrte. Frau Sommer löschte das Licht, zog die Tür leise hinter sich zu und sagte zu Mia, das sei alles, mehr brauche es nicht. Dann begleitete sie das Mädchen zur Haustür. Schon in wenigen Tagen solle sie wiederkommen und bei Wilhelm bleiben, bis sie und ihr Mann aus der Oper zurückkämen.

Und wieder wurde Mia von Frau Sommer in Empfang genommen. An diesem Abend trug die Mutter ein langes, enganliegendes Abendkleid aus silbern glänzendem Stoff. Mia zwang sich, den Blick von den glitzernden Fäden der aufgebrachten Stickereien abzuwenden, und starrte verschämt auf den Boden. Frau Sommer aber hob lächelnd das Kinn des Mädchens hoch und strich ihr über die Haare, was Mia noch mehr aus der Fassung brachte. Doch da war schon Wilhelm zu hören. *Mia, Mia, Mia …*

Schnell ging sie die Treppe hoch, eilte an den schweren Holztüren entlang und am weit geöffneten Kinderzimmer angekommen, nahm sie den Kleinen in den Arm. Wilhelm hatte seinen Brei bereits gegessen, die leere Schale stand auf dem Tablett. Er trug bereits den Schlafanzug und sah seine Mutter, die Mia gefolgt war, fragend an. Er solle brav sein, sagte Frau Sommer nur, gab ihm einen leichten Kuss auf die Wange und verließ das Zimmer, als zöge sie jemand hinaus.

Wilhelm schaute verdutzt, verharrte kurze Zeit regungslos, aber als er begriff, dass seine Mutter nicht wiederkommen würde, begann er zu weinen. Zunächst leise, dann kullerten dicke Tränen über seine Wangen, zuletzt schluchzte er laut auf und heulte herzerschütternd und andauernd. Ratlos setzte sich Mia zu ihm aufs Bettchen und versuchte, ihn tröstend an sich zu ziehen. Aber Wilhelm bog das kleine, kräftige Kreuz durch und strampelte wild umher. Hilflos hob sie ihn schließlich aus dem Bett und ging mit dem weinenden Jungen an der Hand durch die Villa.

Sie verließen das Kinderzimmer, liefen den langen Flur entlang, die Treppe hinunter, gingen von Raum zu Raum und kamen bei ihrem gespenstigen Rundgang irgendwann auch in die Bibliothek. Mia schaute auf hohe, dunkle Regale, die mit unzähligen Büchern gefüllt und von Glastüren vor Staub geschützt waren. Sie dachte an ihren längst verstorbenen Großvater, dachte daran, wie er aus seinem selbstgezimmerten Sperrholzregal das einzige Buch nahm, das er besaß, es aufschlug und sie herbeiwinkte. *Rotkäppchen* oder *Sterntaler, Aschenputtel* oder *Hans im Glück*. Sie durfte wählen und bettelte meist um *Aschenputtel*. In Großvaters Regal gab es dieses eine Buch, eine Tabakdose, eine Lupe, einen Schraubenzieher und einen Stapel Zeitschriften, erinnerte sie sich. Und auch, dass nach Opas Tod dessen Besitz verschwand, als hätte es ihn nie gegeben, noch nicht einmal das Märchenbuch.

Das Regal, vor dem sie nun mit Wilhelm stand, war mit Bü-

chern so vollgestopft, dass sie kaum in der Lage war, einen einzelnen Titel zu erkennen. Sie griff blind hinein, das dauernde Weinen des Kleinen machte sie fahrig und unkonzentriert. Ein Buch in der Hand setzte sie Wilhelm behutsam auf den Boden, und erst da wurde ihr bewusst, dass es plötzlich still um sie war. Sie sah ihn an, sein kleines Gesichtchen war gerötet und nass, und in ihrem eigenen ließen sich wohl auch Spuren von vergossenen Tränen erkennen, die sie mit dem Handrücken nur oberflächlich abgewischt hatte.
»Schau, was ich da habe«, versuchte sie Wilhelm neugierig zu machen. »*Die drei Musketiere* von Alexandre Dumas.« Natürlich wusste das Mädchen nicht, wer und was die drei Musketiere waren, als sie die erste Seite aufschlug und zu lesen begann: *Die drei Geschenke des alten d'Artagnan* ... Kaum hatte sie den Namen d'Artagnan ausgesprochen, prustete Wilhelm vor Lachen los. Mit lautem Kichern formte er die Silben *Dar Tag Nan* und konnte sich vor Vergnügen kaum beruhigen. Während sie beide den Namen unzählige Male wiederholten, wurde Mia klar, wie urkomisch ihre Mimik ausgesehen haben musste, als sie den Namen das erste Mal ausgesprochen hatte. Sie glaubte damit den Grund für Wilhelms Stimmungswandel zu kennen. Wie eine Sprechpuppe oder eine Marionette, so musste sie ausgesehen haben. Sie lachten und lachten – über den Namen, über ihre Grimassen, über den jeweils anderen –, und bald wälzten sich der zweijährige Wilhelm und die zwölfjährige Mia vor Kichern und Glucksen am Boden. Es war unmöglich geworden, mit dem Lesen fortzufahren. Völlig erschöpft schliefen beide irgendwann ein.

*

Als Herr Sommer Mia sanft auf das große Sofa gelegt und mit einer eilig herbeigeholten Decke zugedeckt hatte, wachte das Mädchen auf und erzählte ihm schlaftrunken und voller Sorge vor seiner Reaktion, was vorgefallen war. Während Frau Sommer, die Wilhelm zu Bett gebracht hatte, Mia, die am ganzen Körper zitterte, fragte: »Wie konnte das nur passieren?« Schnell kam Herr Sommer Mia zu Hilfe. »Schuld hat das Wunder, das in den Büchern wohnt, das hat euch offenbar verzaubert.« Er lächelte sie an, worauf Mia sich beruhigte. Herr Sommer hatte das Buch vom Boden aufgehoben, blätterte darin, so, als sehe er es zum ersten Mal. Dann wandte er sich wieder dem Mädchen zu. »Du musst wissen«, sagte er leise, als spräche er zu sich, »ein Buch wächst wie ein Baum. Langsam und beständig. Seite für Seite, Ring für Ring. Schon vor der ersten Silbe sollte dir klar sein, wie hoch er werden wird, wie groß seine Äste und Zweige sind, wie dicht seine Blätter. Wer darin wohnt, wer daran hochklettert. Und nicht zuletzt, wo er steht. Was er zu sehen bekommt, woran er leidet oder sich erfreut.«

»Wer wohnt darin?«, fragte Mia verwirrt.

»Eichhörnchen, Vögel, Mäuse, Insekten, oder, im Fall eines Buches, Menschen …«

»Und Musketiere?« Mias Wangen waren rot vor Verlegenheit. Herr Sommer lachte.

»Nein, in unserem Baum nicht, dafür müsste er in Frankreich wachsen, außerdem klettern Musketiere nicht auf Bäume!«

Mia ließ sich nach hinten auf das Sofa fallen. Sie werde einmal ein Riesenbuch schreiben, wenn sie es besser könne … Er hatte sie angelächelt und sie wissen lassen, dass er keine Sekunde daran zweifle.

*

Von da an kam sie regelmäßig, um auf Wilhelm aufzupassen. Vor dem Schlafengehen las sie ihm Geschichten vor. Eingerollt wie eine Schnecke lag Wilhelm an ihrer Seite, die Ecke eines kleinen Tuches im Mund, und lauschte ihren Worten, bis ihm die Augen zufielen. Immer auf der Suche nach neuen Büchern wurde sie Dauergast in der Stadtbücherei. Die Auswahl an Kinderbüchern war umwerfend. Mia brachte zunächst bebilderte Ausgaben mit, doch Wilhelm wollte sich dafür nicht wirklich begeistern. Sie sollte vorlesen, ihm die Geschichten wie fein gewobene Tücher auf seinen kleinen Körper legen, und er schien sie einzuatmen, Wort für Wort. Sie wurde großzügig entlohnt, legte das Geld zurück und gab so gut wie nichts davon aus.

Buch reihte sich an Buch, bis es an einem sonnigen Herbsttag vorbei war, weil die Familie aus beruflichen Gründen nach Frankreich ziehen musste. »Du besuchst uns natürlich in den Ferien«, sagte Frau Sommer und hatte Tränen in den Augen, als sie Mia bat, Wilhelm noch nichts von dem bevorstehenden Abschied zu erzählen. Das Mädchen hielt sich daran, kam sich aber wie eine Verräterin vor. Für den letzten Abend lernte sie ein Gedicht von Rudolf Baumbach auswendig und flüsterte es Wilhelm ins Ohr. Dann sah sie ihn lange an. Er erwiderte den Blick.

Die Gäste der Buche

Mietegäste vier im Haus
Hat die alte Buche.
Tief im Keller wohnt die Maus,
Nagt am Hungertuche.

Stolz auf seinen roten Rock
Und gesparten Samen

sitzt ein Protz im ersten Stock;
Eichhorn ist sein Namen.

Weiter oben hat der Specht
Seine Werkstatt liegen,
Hackt und zimmert kunstgerecht,
Dass die Späne fliegen.

Auf dem Wipfel im Geäst
Pfeift ein winzig kleiner
Musikante froh im Nest.
Miete zahlt nicht einer.

Wieder sah sie ihn lange an. Er erwiderte den Blick. Und ganz zum Schluss flüsterte sie: »Mach es gut, mein kleiner d'Artagnan!«

*

Noch viele Tage ging Mia mit gesenktem Kopf zur Schule und wieder nach Hause. Sie brachte die für Wilhelm ausgeliehenen Bücher zurück und ging mit leeren Händen an der inzwischen vertraut gewordenen Angestellten der Bibliothek vorbei. Die Bibliothekarin sah sie fragend an, doch Mia schüttelte nur den Kopf. Ein Moment reihte sich an den nächsten. Meist saß sie wieder auf ihrer Treppe und schaute den Menschen zu oder den Autos und den Blättern, die jetzt kräftig und grün aus den Ästen trieben.
Hin und wieder schlenderte sie zur Engelswiese, um nach der Villa zu schauen. Das Haus stand mit geschlossenen Augen da. Die Türen waren versperrt, die Fensterläden verschlossen und verriegelt. Der Verputz bröckelte von den Wänden, und das Ro-

senbeet war verwildert. Die langen Triebe zeigten noch Blüten, doch die wollten sich nicht öffnen und hingen bald schwarz vor Läusen zwischen den Dornen. Nur der Löwenzahn zwängte sich ungeniert und in leuchtendem Gelb durch das Kiesbett des Weges, der zum Haus führte. Umso enttäuschter war Mia, als sie an einem sonnigen Ferientag zur Engelswiese ging, vergeblich hoffend, wenigstens die Pferde zu sehen.
Vor der Villa parkten eine große Anzahl von Autos und Handwerkertransporter. Die Haustür war weit geöffnet, und darin standen zwei Männer, die großflächige Baupläne studierten. Mia kam es vor, als würde das Haus brummen. Vor Freude oder Angst, sie konnte das nicht unterscheiden, schlich aber näher heran. Keiner beachtete sie, als sie hinter das Haus ging, wo eine orangene Abrissmulde stand. Ein junger Mann in blauer Arbeitskleidung schob eine Schubkarre voller Bücher aus der Villa. Mia sah zu, wie er sie mühsam über eine Diele in den Container bugsierte, dort ablud und wieder zurück zum Haus eilte. Der Vorgang wiederholte sich vor den entsetzten Augen des Mädchens. Sie nahm allen Mut zusammen und sprach ihn an. »Muss entsorgt werden«, sagte er nur und fuhr zunächst mit seiner Arbeit fort, hielt dann aber ein. *Alle nass*, wiederholte er, die Bücher hätten in der Feuchtigkeit und Kälte so stark gelitten, dass sie unlesbar geworden wären. *Ist nichts mehr zu machen. Muss sein.* Was mit den Büchern passiere, wollte Mia wissen. Die würden verbrannt, erklärte er schulterzuckend und wandte sich wieder seiner Arbeit zu.
Mia floh. Sie setzte sich mit dem Rücken zum Haus an den Rand der Engelswiese. Allein die Vorstellung, wie all die Bücher in Flammen aufgingen, trieb ihr die Tränen in die Augen. Sie rief nach Wilhelm, doch der konnte sie nicht hören. Er war in Frankreich, sprach nun die Sprache d'Artagnans und würde sie wahrscheinlich längst vergessen haben. Und

ganz sicher hatte sein Vater eine neue Bibliothek mit Glastüren. Dunkel und hoch. Wie konnten sie nur … Mia weinte nun noch heftiger, denn erste Bilder von brennenden Büchern und Rauchschwaden zogen über sie hinweg, und bald waren ihre Gedanken davon eingehüllt.
In diesen Augenblicken geschah es. Zunächst hörte sie ein leises Wispern, dann wurde es lauter, Rufe ertönten. Mit geschlossenen Augen sah sie, wie ein Menschenpulk auf sie zukam. Als Erstes erkannte sie d'Artagnan mit seinen Gefährten Athos, Porthos und Aramis, gefolgt vom Grafen von Monte Christo. Ihnen angeschlossen die Wilden Kerle, Pippi Langstrumpf, Emil und die Detektive, die Rote Zora, Jim Knopf, Alexander und die Zaubermaus und die Schwarzen Brüder. Leise trabend Rosinante, Don Quichotte auf ihrem Rücken. Mit etwas Abstand folgten Effi Briest, Harry Stiller, Lara und Dr. Schiwago, ihnen auf dem Fuß Scarlett und Rhett. Mit Mühe folgten ihnen Hans Castorp, Herr Grünlich und Toni, außer Atem Dr. Heinrich Faust und an seine Fersen geheftet Mephisto. Die schöne Frau Seidenman schritt grazil, und Bronsteins Kinder taten es ihr gleich. Der große Gatsby suchte offenbar nach Daisy Fay, entdeckte sie aber nicht, Paris, der die schöne Helena an der Hand führte, der liebe Augustin, hüpfend, der kleine Prinz, Julius Winsome, seinen Hund Hobbes an sich haltend, Lew Nikolajewitsch Myschkin, Anton Reiser …
Die Prozession, die aus dem Container floh, nahm kein Ende. Jede und jeder von ihnen vertraute sich Mia mit der Gewissheit an, dass sie diejenige wäre, die ihnen eine neue Zuflucht bieten würde. Und Mia nahm sie alle auf. Sie zogen wie selbstverständlich bei ihr ein. Buch für Buch, Jahr für Jahr. Und sie blieben, denn wie sollte es auch anders sein, wenn erst einmal der Weg ins Wunderland der Bücher gefunden war.

Gabriela Jaskulla

Der Schrank

Die Mutter hatte einen Putzzorn. Sie hatte von Paris geträumt, von einer Tänzerinnenkarriere. Stattdessen wartete sie nun allabendlich in der Provinz auf den Vater. Mal kam er, mal kam er nicht. Meine Mutter schrubbte die Böden, sie zog die Scheiben ab, sie polierte die Möbel und hörte dabei Radio Luxemburg: Jacques Brel, Juliette Gréco, ihren Liebling, die Piaf. Ob die Zugehfrau die Fenster ordentlich gesäubert hatte, kontrollierte sie, indem sie mit einem weißen Handschuh an den Rahmen entlangfuhr. Immer roch es im Haus nach Salmiakreiniger, nach Energie, nach Wut. Das Möbel, das sie am meisten herausforderte, war ein wuchtiger Schrank. Er dominierte mit seiner wilden Mahagonimaserung die gegenüberliegende Schrankwand und die moderne Sofalandschaft. Der Schrank war ein Chippendale-Möbel, jedoch zu schwer, ein eher grober Klotz, vier stilisierte Pfoten trugen einen massigen Korpus. Der Schrank mit seinen falschen Löwentatzen war ein Biest, jeden Augenblick konnte er sich auf die unschuldigen Siebziger-Jahre-Möbel stürzen, die sich an die Wände drückten. Ungeachtet seiner Masse hatte der Schrank in seinem mittleren Teil Glastüren eingebaut, so dass man die dahinter sortierten Bücher, die wenigen ausgestellten Vasen und das Silberzeug gut sehen konnte. Hier wurden nur die besten Bücher aufbewahrt – nicht die immer zahlreicher werdenden Readers-Digest-Sammelbände, die viermal im Jahr Kunde von den schönen und schrecklichen Dramen in der Welt brachten, nicht die katholische Besinnungsliteratur, die der Vater bevorzugt las. Hier stand das 24-bändige Lexikon, das ich liebte, weil es schon im Titel die ganze Welt zu enthalten schien: Herders Universal-Lexikon! Immer, wenn meine kindliche Wissbegier Mutter überforderte, sagte sie mit ernsthafter Miene: »Da müssen wir die schlauen Bücher fragen!«, griff einen der großen, mit Goldschnitt geschmückten Bände und suchte das entsprechende Stichwort. Das Lexikon hatte also einen Ehrenplatz inne, das Gleiche galt für Paul Claudels Romane, ein bisschen Norman Mailer, ein bisschen Julien Green und Rolf Hochhuth, der mit dem Papst abrechnete. Umso überraschter war ich, als ich eines Tages dort – Kinderliteratur entdeckte. Robin Crusoe und Karl May standen ganz woanders, aber als ich mich wieder einmal gelangweilt im Wohnzimmer herumtrieb und versuchte, auf die verzierte Sockelleiste des Schrankmonsters zu klettern, kamen ein paar Bücher ins Rutschen. Ein Taschenbuch kippte zur Seite, und ich entdeckte eine Tintenzeichnung, die nur von Kinderhand stammen konnte: ein schwarzes Männchen, das, offenbar ermüdet, seinen Kopf auf die Tischplatte sinken lässt. Diese Müdigkeit kannte ich. Sie überfiel mich unweigerlich, wenn ich aus der Schule kam – total gelangweilt, voller Überdruss, weil das, was man da lernte, längst bekannt oder von ziemlich zweifelhaftem Nutzen erschien. Jetzt war mein Interesse geweckt. Ich schob die Glasscheibe zur Seite und griff nach dem Buch: Franz Kafka, »Der Prozess«. Ich blätterte und überflog die erste Seite: »Jemand musste Josef K. verleumdet haben, denn ohne daß er etwas Böses getan hätte, wurde er eines Morgens verhaftet.« – Das begann spannend. Was »Verleumdung« war, wusste ein katholisches Kind wie ich aus der Passionsgeschichte; der ängstliche Petrus übte einen besonderen Zauber aus, ähnlich dem ungläubigen Thomas. »Die Köchin der Frau Grubach, seiner Zimmervermieterin, die ihm jeden Tag gegen acht Uhr das Frühstück brachte, kam diesmal nicht. Das war noch niemals geschehen.« Ich verstand das Beunruhigende dieser ersten Sätze sofort: Auch meine Mutter fiel in Panik, wenn unsere Zugehfrau einmal unentschuldigt ausblieb. Es ging nicht darum, dass einmal Hilfe unterlassen wurde – es brachte ihre Ordnung durcheinander. Ich las im Stehen weiter, blätterte, nahm auf der wulstigen Sofakante Platz, nahm das Buch schließlich mit in mein Zimmer – aber nicht, ohne die nun entstandene Lücke in der Bücherreihe sorgfältig zu kaschieren, indem ich die Abstände der verbleibenden Bücher unauffällig vergrößerte. Was man durfte und was nicht, war manchmal schwer vorauszusehen. Warum hatte man mir diesen Franz Kafka vorenthalten? Ich vertiefte mich in die ungewohnte Lektüre. Dieser Herr Kafka stellte mich vor ganz neue Aufgaben. Die einzelnen Sätze waren nicht schwierig, ja, der Schriftsteller benutzte nicht einmal komplizierte Wörter. Die unbekannten Begriffe konnte man sich leicht ausmalen: Eine »Schreibmaschinistin« wie Frau Bürstner, das war wohl eine besonders tüchtige Sekretärin, halb Mensch, halb Automat. Ein »Kunstmaler« malte Bilder wahrscheinlich einfach besonders kunstvoll. Und dass Gerichtsdiener rätselhafte Dinge taten, konnte man akzeptieren, so wie ich sonst sprechende Lurche und tanzende Pferde akzeptierte. Aber die Welt, die dieser Herr Kafka da erschuf, die musste man sich erst mal vorstellen! Die war anders, düsterer als alles, was ich bisher kannte. Es war, als lüde mich Herr Kafka in seine Träume ein. Ich fühlte mich geehrt, weil dieser Autor Kindern offenbar viel zutraute – und gleichzeitig kämpfte ich mit mir. Mehr als einmal boxte ich mir mit der Faust gegen den Kopf: Was war denn bloß los mit mir? Ich las doch sonst alles, was mir unter die Finger geriet: Heftchenromane, Heiligenlegenden, die Reportagen von Meeresforschern und Abenteurern wie Hans Hass. Aber das hier war – anders. Die Welt, die Herr Kafka erschuf, veränderte beim Lesen auch meine Welt. Plötzlich kam mir mein kindlicher Alltag seltsam grau und irgendwie sinnlos vor. Wie ein Mechanismus, der leerläuft. Es schauderte mich – und gleichzeitig war ich bereits süchtig. Nach einer Woche war ich mit dem »Prozess« durch – und nahm ein anderes Kafka-Buch aus der Bücherreihe: »Das Urteil. Und andere Erzählungen«. Ha, das war einfacher! Gerichts-Szenarien war ich ja nun schon gewohnt. Ich frohlockte innerlich. Dass man morgens aufwacht und sich als Käfer in der Welt wiederfindet – das war ohne weiteres vorstellbar. Ich war entzückt von »Josefine und das Volk der Mäuse«. Und ja, vom »Bericht an eine Akademie«. Immer noch ballte ich die Fäuste, wenn zu komplexe Sätze zu verwirrende Inhalte transportierten, immer noch kam ich regelrecht ins Schwitzen vor lauter Anstrengung beim Lesen und gab mir Kopfnüsse, weil ich so schwer von Begriff war – aber ich ließ nicht locker: »Nahezu fünf Jahre trennen mich vom Affentum, eine Zeit, kurz vielleicht am Kalender gemessen, unendlich lang aber durchzugaloppieren, so wie ich es getan habe, streckenweise begleitet von vortrefflichen Menschen, Ratschlägen, Beifall und Orchestralmusik, aber im Grunde allein, denn alle Begleitung hielt sich, um im Bilde zu bleiben, weit von der Barriere. (…) Ich, freier Affe, fügte mich diesem Joch. Dadurch verschlossen sich mir aber ihrerseits die Erinnerungen immer mehr. War mir zuerst die Rückkehr, wenn die Menschen gewollt hätten, freigestellt durch das ganze Tor, das der Himmel über der Erde bildet, wurde es gleichzeitig mit meiner vorwärtsgepeitschten Entwicklung immer niedriger und enger; wohler und eingeschlossener fühlte ich mich in der Menschenwelt; der Sturm, der mir aus meiner Vergangenheit nachblies, sänftigte sich; heute ist es nur ein Luftzug, der mir die Fersen kühlt.« Ich kann nicht behaupten, dass ich alles verstand, was ich da las. Aber auch mein belesener Vater konnte häufig Details aus den Geschichten, nach denen ich ihn fragte, nicht mehr rekapitulieren; auch die Erwachsenen kürzten ab, schwindelten dazu, passten an. Ich las also in den Herrn Kafka meinen eigenen Kafka hinein: Ich las etwa von einem Affen, der einmal Mensch gewesen war oder umgekehrt, ich las von Barrieren, die manche Wesen von anderen unwiderruflich trennten, las vom Joch des Lebens, las, dass die Erinnerung nachlässt, wenn man sich aufgibt, las und las – und ließ mich von kuriosen Formulierungen begeistern. Als eine Lehrerin mich wieder einmal ermahnte, besser aufzupassen, holte ich tief Luft und sagte möglichst würdevoll: »Was Sie sagen, ist nur ein Luftzug, der mir die Fersen kühlt.«

Ich fuchtelte mit Kafka-Sätzen herum, ich probierte sie aus, irgendwie musste seine Sprache Einzug in meine Welt finden, darauf bestand ich. Kafka war fern, das begriff ich natürlich. Er musste vor langer Zeit gelebt haben, denn er benutzte altmodische Wörter wie »vortrefflich«. Es gab in seinen Texten noch jede Menge »Fräuleins«, während bei uns nur die Schwester des Pfarrers so genannt werden durfte: das Fräulein Pfarrer. Und doch! In meiner Welt, in der man putzte und wienerte, in der man auf Väter wartete, die mal kamen und mal nicht, war vieles genauso rätselhaft wie bei Herrn Kafka. Er verstand auch nicht! Nur hatte er für dieses Nicht-Verstehen – Geschichten erfunden. Fragen statt Antworten. Gute Rätsel statt einfacher Erklärungen. Es war das Gegenteil von Schule. Allmählich glaubte ich, mich auszukennen und mehr noch, den Herrn Kafka zu kennen. Es hätte mich nicht gewundert, wenn er eines Tages bei uns zum Kaffee erschienen wäre – abgesehen davon, dass bei uns niemand zum Kaffee kam, weil meine Mutter sich schämte und niemanden einlud. Ich stellte es mir dennoch oft vor – so, wie ich mir früher vorgestellt hatte, mit Winnetou auszureiten oder mit Tim und Struppi haarsträubende Kriminalfälle zu lösen. Ich fühlte mich mit den Romanfiguren befreundet – dabei wusste ich doch nur, was ihre Autoren über sie geschrieben hatten. Wieso glaubte ich nun allmählich, Herrn Kafka zu kennen? Ich wusste doch nur, was sein Autor über ihn geschrieben hatte. Dabei war Herr Kafka nicht einmal seine eigene Romanfigur. Und doch spürte ich oder glaubte zu wissen, dass alles, was Kafka schrieb, unmittelbar mit ihm selbst zu tun hätte – allerdings auf eine Weise, die vollkommen neu und ungewohnt war. Er verbarg sich und zeigte sich. Er überließ es mir, wie ich ihn las. Ich verstand, was es bedeutet, jemanden zu lesen. Ich fragte mich, ob es noch andere Schriftsteller gab, die auf diese Weise ein kunstvolles Spiel mit mir spielen wollten. Und was, wenn es keine anderen gäbe? Solche, die Kindern so viel zutrauten wie er? Solche, die derart aufregende Rätsel aufgaben? Kafka war kostbar. Ich beschloss, die Bände nach der Lektüre nicht einfach wieder in den gläsernen Rachen des Mahagonimonsters zu werfen. Freilich wagte ich auch nicht, die Bücher in meinem Kinderzimmer aufzubewahren – hier gab es nichts, was vor den Blicken meiner Mutter und den Griffen der Putzfrau sicher gewesen wäre. Aber das Monster selbst bot eine Lösung: Es hatte nicht nur einen ausgearbeiteten Sockel am Boden, sondern einen womöglich noch üppigeren oberen Abschluss mit einer handhohen Blende, die absonderliche Fantasie-Vögel an den beiden Seiten abschlossen. Dahinter konnte ich die gelesenen Bücher verbergen. Und was tun mit den Lücken? Ich tauschte die Kafka-Taschenbücher mit ihren weißen Rücken gegen andere, ähnlich aussehende Bücher aus der gegenüberliegenden Schrankwand aus. Kein Mensch würde das bemerken, so hoffte ich zumindest, hatte ich doch längst festgestellt, dass die Bücher im Prachtschrank offenbar nur ausgestellt, aber nicht gelesen wurden. Sie waren Zierrat, wie die Vasen, wie das Miniatur-Bügeleisen aus Silber, aus dessen Leib mithilfe einer winzigen Kurbel ein Zentimetermaß abgerollt werden konnte, das niemals gebraucht wurde. Ich zwinkerte dem Schrankmonster zu: Es war jetzt mein Verbündeter.

Eines Tages fiel mir ein anderer Band in die Hände. Keiner, der mit einer dieser vertrauten Kinder-Krakel-Zeichnungen gelockt hätte; auf dem Cover war vielmehr das Foto einer jungen Frau zu sehen. »Briefe an Milena«, stand darauf. Das Foto war nicht schwarz-weiß, sondern eher schwarz-elfenbeinfarben, das Schwarz hatte einen deutlichen Blaustich. Unschlüssig holte ich das Buch in mein Zimmer, nachdem ich die Erzählungen artig wieder an ihren Platz gestellt hatte. Die Frau auf dem Buch war jung, ihr Gesicht dominierten riesige, dunkle Augen, und ein runder Hut rahmte Bild und Foto nach oben, während es nach unten von der Andeutung eines schwarzen Mantels oder einer schwarzen Jacke abgeschlossen wurde. Sie war ernst, also für mich – schön. Die meisten Menschen begannen sofort zu lächeln, wenn sie ein Kind erblickten. Sie knickten nach vorn ein und grinsten – lauter große Lächelautomaten, die es mir schwer machten zu sehen, was sie wirklich dachten. Diese Milena lächelte nicht. Sie schaute mich direkt an. Aber nicht mich, so viel war ja klar. Sie schaute den Fotografen an. Oder den, für den sie das Foto machen ließ. Hatte sie sich für Herrn Kafka fotografieren lassen? Und: Ging mich das etwas an? Wollte ich das wissen? In einem Foto lag so viel – Wirklichkeit. Diesmal versteckte ich das Buch unter meinem Pullover, als ich schnell zurück in mein Zimmer huschte, dabei war die Gefahr, entdeckt zu werden, nicht größer als sonst.

Ich drehte das Buch in meinen Händen. Ich wendete es um,

damit Milena mich nicht weiter ansah. Ich las zum ersten Mal die Rückseite. Sie kam mir vor wie die Beipackzettel in den Valiumschachteln meiner Mutter, die sie regelmäßig auf dem Küchentisch vergaß und die ich mühsam entzifferte. Risiken, Unverträglichkeiten, Nebenwirkungen. *»Zu Beginn des Jahres 1920 hatte Franz Kafka Milena kennengelernt. Zwischen ihr und Kafka entstand eine sehr innige Freundschaft. Schon Kafkas Tagebücher haben uns die wirkliche Tiefe dieser Freundschaft gezeigt. Doch ahnen wir dort nur, was sich hier in diesen zum erstenmal veröffentlichten Briefen offenbart: ein Liebesroman, eine Orgie an Verzweiflung, Seligkeit, Selbstzerfleischung und Selbsterniedrigung.«* Puh, das war sehr viel »Selbst«! Aber es war zu spät. Ich brachte schon nicht mehr die Kraft auf, das Buch zurückzubringen. Abends schlich ich mich zurück ins dunkle Wohnzimmer. Ich stieg auf den Sockel des Schrankmonsters und fingerte nach den Büchern, die ich hinter der Blende versteckt hatte. Ich wollte die anderen Kafka-Bücher holen, sozusagen zur Unterstützung, für mich, für Milena. Meine Finger berührten etwas Metallisches – ich stutzte. Vorsichtig holte ich einen Stuhl aus dem benachbarten Esszimmer und kletterte darauf. Hinter der Blende lagen meine Kafka-Bücher – es stand dort aber auch eine Dose mit Möbelpolitur, die offenbar die Zugehfrau hier deponiert hatte, vielleicht, um jederzeit, sozusagen im Vorübergehen, mal hier und mal dort zu sprühen und zu wischen. Ich war beunruhigt: Solange die Frau nur blind nach ihrer Dose angelte, war alles gut – was aber, wenn sie auf die Idee kam, hinter die Blende zu schauen? Ich fühlte mich nicht mehr sicher.

Es dauerte ein paar Tage, bis ich mich an die Lektüre des neuen Kafka-Buches wagte. Es fühlte sich anders an, es fühlte sich – unangemessen an. Als würde man einen Freund, den man gerade erst gewonnen hatte, in der Schule mit großem

Tamtam umarmen. Freilich begann das Buch dann harmlos. Erleichtert las ich, wie Herr Kafka vom Regen schrieb, von einer kleinen Fremde, die wohltue, und das klang so freundlich und nett, wie der Regen nun auch hier, so viele Jahre später, gegen die Scheiben des Kinderzimmerfensters prasselte: Bei diesem Wetter konnte man am besten lesen oder etwas schreiben, irgendwas. Ich liebte dieses Regenlesewetter, und der Herr Kafka liebte es wohl ebenfalls in seinem Domizil in Meran. Er entspannte sich, so schien es, keine Rede von seltsamen Richtern, Insekten oder Gefangenen. Zum ersten Mal las sich der Herr Kafka wie ein Zeitvertreib. Mein Aufatmen jedoch war verfrüht, wie schon der nächste Brief zeigte. Der Anfang war gut:

»Liebe Frau Milena …« – So wie ich immer vom »Herrn Kafka« dachte und sprach, so schrieb Herr Kafka an seine Freundin. Weiter! »Von Prag schrieb ich Ihnen einen Zettel und dann von Meran. Antwort bekam ich keine. Nun waren ja die Zettel keiner besonders baldigen Antwort bedürftig und wenn Ihr Schweigen nichts anderes ist als ein Zeichen verhältnismäßigen Wohlbefindens, das sich ja oft in Abneigung gegenüber dem Schreiben ausdrückt, so bin ich ganz zufrieden. Es ist aber auch möglich und deshalb schreibe ich, daß ich Sie in meinen Zetteln irgendwie verletzt habe …« Ich ließ das Buch sinken. Oje! Diese Unsicherheit kannte ich nur zu gut. Von meiner Mutter. Wenn ich im Sommer am Mittag von der Schule nach Hause kam, sah ich sie oft schon von weitem im Garten hantieren. Sie musste ja nicht, wie mein Vater nicht ohne Stolz vermerkte, wie andere Frauen arbeiten gehen – stattdessen beschäftigte sie sich zu Hause. Zum Beispiel, indem sie, die Städterin, einen Garten anlegte. Einen Nutzgarten, der ihr und *dem Kind*, wie sie mich nannte, gesunde, vitaminreiche Nahrung geben sollte. Sie stand dann oft am

Rand eines Beetes, das sie mit einer Wasserwaage und vielen Schnüren zur exakten Bemessung anzulegen pflegte, und hielt ein Buch in der Hand. Niemand hatte ihr beigebracht, wie man Bohnen zieht oder Möhren setzt, also stand sie mit ihrem Gartenhandbuch da, hatte die Handschuhe gar nicht erst abgelegt und versuchte, durch Pusten die störrischen Seiten umzublättern und sich zu informieren. Ob sie dabei konzentriert, gar ärgerlich oder nur stillvergnügt war, ließ sich aus der Ferne nicht unterscheiden. Es gab keine Wahl: Ich musste mich ihr nähern, sie als braves Kind begrüßen – und hoffen, dass sie guter Stimmung war. Wenn nein, war der Tag verloren, ich entkam ihr nicht – ihr und der schlechten Stimmung nicht, und meistens hatte diese schlechte Stimmung etwas mit mir zu tun, mit kleinen Versäumnissen oder Vergesslichkeiten, mit Missgeschicken, die die chronische Migräne meiner Mutter verschlimmerten, so dass sie irgendwann die Gartenhandschuhe doch abstreifte, um sich ins Haus zu begeben. Dort lag sie dann bei heruntergelassenen Jalousien in der Dunkelheit ihres Schlafzimmers und suchte Erholung – vor mir und der Welt. Ich war also darauf angewiesen, seismografisch zu erfassen, wie es ihr ging, ob ich womöglich etwas falsch gemacht hatte – und genau diese Unsicherheit las ich aus Herrn Kafkas Sätzen. Ich war irritiert. Herr Kafka war doch erwachsen? Ein Schriftsteller noch dazu? Und die Briefpartnerin, die er Frau Milena nannte – war sie nicht eine Freundin? Ich las weiter. Und erschrak: Mein Herr Kafka war offenbar krank. Sehr krank. Ich hatte keine Ahnung, was ein »Blutsturz« war, aber das konnte man sich denken. Über Lungenkranke sprach man in meiner Familie nur im Flüsterton: Es war noch nicht lange her, dass vor allem junge Leute sehr häufig an Lungentuberkulose gestorben waren. Es war beängstigend, es war gefährlich, und es war, schlimmer noch, ein Zeichen des Mangels, ein Zeichen von Armut! Beunruhigend fand ich zudem, wie Herr Kafka darüber schrieb, in irgendwie routiniertem Schrecken. Er schrieb wie jemand, der nichts zu verlieren hatte. Herr Kafka, den ich als Erfinder schöner Rätsel kennengelernt hatte, warf sich, so schien es mir, einer anderen Person rückhaltlos in die Arme. Ich las und las. Warum haben Sie kein Geld?, fragt Herr Kafka schon zu Beginn der Korrespondenz unbarmherzig. Woher kommt Ihre Fröhlichkeit? Zuversicht irritiert ihn, wenn er ihren Grund nicht erkennt – er hält es mehr mit der »Süßigkeit«, die in der Krankheit liege, und er versteht von den Schmerzen, die die Liebe anscheinend bereitet. Kafka meint, es sei unnütz, darüber nachzudenken: »Es ist so wie wenn man sich anstrengen wollte, einen einzigen Kessel in der Hölle zu zerschlagen, erstens gelingt es nicht und zweitens, wenn es gelingt, verbrennt man zwar in der glühenden Masse, die herausfließt, aber die Hölle bleibt in ihrer ganzen Herrlichkeit bestehn.« Die Hölle in ihrer ganzen Herrlichkeit – ich war geschockt: War das die »innige Freundschaft«, die Herrn Kafka und Frau Milena verbunden hatte, wie es auf dem Buchrücken geheißen hatte? Wenn ja, so dachte ich, dann war das eine Freundschaft, wie sie ein rohes Stück Fleisch mit einem hungrigen Tier verbindet. Und doch »sich selbst ein wenig zu retten suchen« schien dem Herrn Kafka nicht völlig unmöglich: dann, wenn die Liebe wahrhaftig sei.

War sie das? Und was hätte das bedeutet? Ich fand in dem Buch keine Fährte – vor allem, weil die Antworten Milenas fehlten. Ich stellte mir vor, dass Milenas Briefe verlorengegangen waren oder besser: Sie hatte sie zurückgefordert. Das kannte ich aus der Schule. Hatte man jemandem einen Zettel zugesteckt, in dem die kleinste Zuneigung ausgedrückt war, so forderte man diese Nachricht harsch zurück, wenn man sich nur im mindestens unverstanden fühlte. Briefe schreiben

war riskant. Briefe der Zuneigung zu schreiben war geradezu waghalsig. Ich bewunderte beide, Herrn Kafka und Frau Milena. Milena musste klug gewesen sein, klug und vorsichtig. So stellte ich mir das vor. Kafka war mutig gewesen. Nur deshalb hatte er so schreiben können. Aber warum hatte Herr Kafka seine Briefe nicht zurückgefordert? Warum waren sie noch da, von jedermann einzusehen, jederzeit? Zum ersten Mal begann ich mich mit der Biografie meines Herrn Kafka zu beschäftigen und erschrak: Franz Kafka war nur 40 Jahre alt geworden. Er war tatsächlich an seiner Lungenkrankheit gestorben, von der in den Briefen so lässig die Rede war. Schriftsteller hatten in meiner Vorstellung uralt zu werden. Sie hatten lange Bärte zu tragen und in ledernen Ohrensesseln ihre letzten, ungemein klugen Bücher zu diktieren – und dann dieser Herr Kafka. Schmal. Heimatlos. In einer langweiligen Anstellung bei einer Versicherung ausharrend. Ein Leben lang leidend. Herders Universal-Lexikon gab umfassend Auskunft. Die Tuberkulose, die ihn schon als Jugendlichen packt, nach der Lunge schließlich auch den Kehlkopf befällt, sodass er, der Dichter, nicht mehr sprechen kann. Ich betrachtete die drei Fotos von Kafka, die in den schmalen Spalten des Lexikons nur mühsam zu erkennen waren. Ich holte eine Lupe. Ich weinte. Ich konnte das Briefe-Buch nicht zu Ende lesen, obwohl ich es noch einmal versuchte: Es ging mich nichts an. Kafka konnte sich nicht wehren!
Ich war zwölf Jahre alt und hatte keine Ahnung. Ich wusste nichts von der Existenz eines Franz Kafka zwischen zwei Welten: der alten, böhmisch-jüdischen und der modernen. Ich wusste nichts über die Literaturszene in Prag, die Welt der Sanatorien. Ich hatte noch nie den Namen Max Brod gehört, den Namen jenes Freundes, der Kafkas letztem Willen nicht entsprach und seine Werke nach dessen Tod eben nicht ver-

nichtete. Am wenigsten wusste ich – und das noch über viele Jahre – von Milena Jesenská, Kafkas Liebe, einer Übersetzerin und Journalistin, die durchaus als Vorbild für mich hätte taugen können. Aber ich wusste nichts, weil es nichts zu wissen gab in jenen Jahren meiner Kindheit, den Jahren der wuchtigen Möbel, der Spiegel und der Möbelpolituren, in denen man das, was wenig zuvor geschehen war, vor allem vergessen wollte. Milena Jesenská, die jüdische Sozialistin und Reporterin aus Prag, starb im Konzentrationslager Ravensbrück, knapp zwanzig Jahre nach Kafka. Sie nannte Kafka »einen wissenden, von der Welt erschreckten Menschen«, sie nannte ihn »scheu, ängstlich und gut«. Er habe, schrieb sie in ihrem Nachruf auf ihn, Bücher hinterlassen, die »grausam und schmerzhaft« seien. Auf sie wurde kein Nachruf geschrieben, ihre Reportagen und Feuilletons sind spät wiederentdeckt worden, ihre Briefe aus der Haft wurden erst vor ein paar Jahren gefunden. Briefe an die Tochter, an den Vater, nicht an Kafka.
Ich wusste nichts, aber ich spürte die Katastrophe, die hinter diesem Buch lag, sie beunruhigte mich, sie machte mich geradezu panisch: Wenn schon kein Freund und kein Vater den Herrn Kafka beschützt hatte, dachte ich, so wäre es jetzt an mir, das zu tun. Kafkas Liebe ging uns nichts an. In kindlicher Hybris überlegte ich, wie viele Exemplare der »Briefe an Milena« wohl verkauft worden waren. Hunderte? Tausende? Die würde man doch finden können? Ich rechnete und kam auf eine hohe Zahl, die aber gerade noch vorstellbar war. Entmutigt fiel mir im nächsten Moment ein, dass das Buch in verschiedene Sprachen übersetzt worden war, *Weltliteratur*, so stand es auf der Buchrückseite. Also gab es bestimmt viele englische Exemplare, aber auch französische – weil die Menschen in meiner Vorstellung dort sehr gern lasen. Was war mit anderen Sprachen? Ich rechnete und rechnete, ich zeichnete

eine Tabelle. Ich legte einen Grundpreis von 4 Mark für die Bücher fest und multiplizierte angenommene Buchauflagen, in Tausendern. Das Ganze am Ende mal zwei, um einen Puffer zu haben. Es wuchsen Zahlen mit sechs Nullen am Ende, aber das schreckte mich nicht, denn in mir reifte ein Entschluss: Ich würde alle Exemplare, die es von Kafkas »Briefen an Milena« gab, aufkaufen. Alle. Auf der ganzen Welt. Ich würde zu einer Reisenden in Sachen Kafka werden. Dazu würde ich natürlich erst einmal viel Geld verdienen müssen, aber das war ein Problem, das ich morgen angehen würde. Ich würde alle Bücher in allen Buchhandlungen, Bibliotheken und schließlich auch bei Privatleuten suchen, finden, kaufen, um sie dann an einen sicheren Ort zu bringen und dort einzuschließen. Den Schlüssel würde ich wegwerfen oder stets um den Hals tragen. Ich würde dafür sorgen, dass Kafkas Liebe geschützt sein würde, für immer. Das wenigstens konnte ich tun, nachdem ich schon so viel gelesen hatte. Es klang für mich nach einem guten Plan.

Am Abend brachte ich Kafkas »Briefe an Milena« zu meinem Schrankblenden-Versteck. Ich stellte mich auf den Sockel, ich zog mich an der Oberkante ein wenig in die Höhe, schob das Buch über die Blende und gab ihm einen Schubs. Ich schaute nie mehr hinein.

Zwei Jahre später verloren meine Eltern erst ihren ohnehin brüchigen Zusammenhalt und dann das Haus. Wir zogen um. Möbelpacker kamen und bauten das Schrankmonster ab. Wortlos reichte mir meine Mutter die Kafka-Taschenbücher, die dort oben gelagert hatten. Sie waren beschmutzt, befleckt, sie rochen nach *Pronto*: Die Dose mit der Möbelpolitur hatte ein Leck, sie war ausgelaufen.

Die Bücher, die ich jetzt in Händen halte, sind abgegriffen, der Buchschnitt ist vergilbt. Franz Kafka, der Autor aus meinem

Versteck, mein Herr Kafka, der Kinderbuchautor, riecht nach Putzzorn und Provinz, nach der Verzweiflung und dem Lesehunger in jenen merkwürdigen Jahren.

Elias Canetti

Der Spaziergang

Was tust du hier, mein Junge?«
»Nichts.«
»Warum stehst du dann da?«
»So.«
»Kannst du schon lesen?«
»O ja.«
»Wie alt bist du?«
»Neun vorüber.«
»Was hast du lieber: eine Schokolade oder ein Buch?«
»Ein Buch.«
»Wirklich? Das ist schön von dir. Deshalb stehst du also da.«
»Ja.«
»Warum hast du das nicht gleich gesagt?«
»Der Vater schimpft.«
»So. Wie heißt dein Vater?«
»Franz Metzger.«
»Möchtest du in ein fremdes Land fahren?«
»Ja. Nach Indien. Da gibt es Tiger.«
»Wohin noch?«
»Nach China. Da ist eine riesige Mauer.«
»Du möchtest wohl gern hinüberklettern?«
»Die ist viel zu dick und zu groß. Da kann keiner hinüber. Drum hat man sie gebaut.«
»Was du alles weißt! Du hast schon viel gelesen.«
»Ja, ich lese immer. Der Vater nimmt mir die Bücher weg. Ich möchte in eine chinesische Schule. Da lernt man vierzigtausend Buchstaben. Die gehen gar nicht in ein Buch.«

»Das stellst du dir nur so vor.«
»Ich hab's ausgerechnet.«
»Es stimmt aber doch nicht. Laß die Bücher in der Auslage. Das sind lauter schlechte Sachen. In meiner Tasche hab ich was Schönes. Wart, ich zeig's dir. Weißt du, was das für eine Schrift ist?«
»Chinesisch! Chinesisch!«
»Du bist aber ein aufgeweckter Junge. Hast du schon früher ein chinesisches Buch gesehen?«
»Nein, ich hab's erraten.«
»Diese beiden Zeichen bedeuten Mong Tse, der Philosoph Mong. Das war ein großer Mann in China. Vor 2250 Jahren hat er gelebt, und man liest ihn noch immer. Wirst du dir das merken?«
»Ja. Jetzt muß ich in die Schule.«
»Aha, da siehst du dir auf dem Schulweg die Buchhandlungen an? Wie heißt du denn selbst?«
»Franz Metzger. Wie mein Vater.«
»Und wo wohnst du?«
»Ehrlichstraße vierundzwanzig.«
»Da wohn ich ja auch. Ich kann mich gar nicht an dich erinnern.«
»Sie sehen immer weg, wenn jemand über die Stiege geht. Ich kenne Sie schon lange. Sie sind der Herr Professor Kien, aber ohne Schule. Die Mutter sagt, Sie sind kein Professor. Ich glaube schon, weil Sie eine Bibliothek haben. So was kann man sich gar nicht vorstellen, sagt die Marie. Das ist unser Mädchen. Bis ich groß bin, will ich eine Bibliothek. Da müssen alle Bücher drin sein, in allen Sprachen, so ein chinesisches auch. Jetzt muß ich laufen.«
»Wer hat denn dieses Buch geschrieben? Weißt du das noch?«
»Mong Tse, der Philosoph Mong. Vor genau 2250 Jahren.«

»Schön. Du darfst einmal in meine Bibliothek kommen. Sag der Wirtschafterin, daß ich es erlaubt habe. Ich zeig dir Bilder aus Indien und China.«
»Fein! Ich komm! Ich komm bestimmt! Heut nachmittag?«
»Nein, nein, mein Junge. Ich hab' zu arbeiten. Frühestens in einer Woche.«
Professor Peter Kien, ein langer, hagerer Mensch, Gelehrter, Sinologe von Hauptfach, steckte das chinesische Buch in die volle Tasche, die er unterm Arm trug, verschloß sie sorgfältig und sah dem klugen Jungen nach, bis er verschwand. Wortkarg und mürrisch von Natur, machte er sich einen Vorwurf aus dem Gespräch, das er ohne zwingenden Grund begonnen hatte.
Auf seinen Morgenspaziergängen zwischen sieben und acht pflegte er in die Auslagen jeder Buchhandlung, an der er vorüberkam, einen Blick zu tun. Beinahe angeheitert stellte er fest, daß Schund und Schmutz immer weiter um sich griffen. Er selbst besaß die bedeutendste Privatbibliothek dieser großen Stadt. Einen winzigen Bruchteil führte er immer mit sich. Seine Leidenschaft für sie, die einzige, die er sich in einem strengen und arbeitsreichen Leben gestattete, zwang ihn zu Vorsichtsmaßregeln. Bücher, auch schlechte, verlockten ihn leicht zum Kauf. Die meisten Buchhandlungen öffneten zum Glück erst nach acht. Manchmal erschien ein Lehrjunge, der das Vertrauen seines Chefs erringen wollte, schon früher und wartete auf den ersten Angestellten, dem er die Schlüssel feierlich abnahm. »Ich bin seit sieben hier!« rief er, oder »Ich kann nicht hinein!« Soviel Eifer steckte einen Kien leicht an; es kostete ihn Überwindung, nicht auf der Stelle zu folgen. Unter den Besitzern kleinerer Läden gab es oft Frühaufsteher, die sich ab halb acht hinter ihren offenen Türen zu schaffen machten. Diesen Versuchungen zum Trotz pochte Kien auf sei-

ne wohlgefüllte Tasche. Er hielt sie eng an sich gepreßt, auf eine besondere Art, die er sich ausgedacht hatte, um möglichst viel von seinem Körper mit ihr in Berührung zu bringen. Die Rippen spürten sie durch den dünnen, schlechten Anzug hindurch. Der Oberarm lag in der seitlichen Vertiefung; er paßte genau hinein. Der Unterarm stützte von unten. Die gespreizten Finger verbreiteten sich über alle Flächen, nach denen es sie gelüstete. Seine übertriebene Sorgfalt entschuldigte er vor sich mit dem Wert des Inhalts. Fiel die Tasche zufällig zu Boden, öffnete sich der Verschluß, den er jeden Morgen vor dem Weggehen nachprüfte, doch gerade in diesem gefährlichen Augenblick, so war es um kostbare Werke geschehen. Nichts haßte er mehr als schmutzige Bücher.

Als er heute auf dem Heimweg vor einer Auslage stehenblieb, trat plötzlich ein Junge zwischen das Fenster und ihn. Kien empfand diesen Schritt als Ungezogenheit. Platz war wohl genug da. Er stellte sich immer in einem Meter Entfernung von der Scheibe auf; trotzdem las er spielend, was sich an Buchstaben dahinter fand. Seine Augen funktionierten nach Belieben; bei einem vierzigjährigen Menschen, der den ganzen Tag über Büchern und Manuskripten sitzt, eine Tatsache von Bedeutung. Morgen für Morgen bewiesen ihm seine Augen, wie gut es ihnen ging. Im Abstand von den feilen und öffentlichen Büchern drückte sich auch seine Verachtung aus, die sie, gegen die spröden und schweren Werke seiner Bibliothek gehalten, in hohem Maße verdienten. Der Junge war klein, Kien von ungewöhnlicher Länge. Leicht sah er über ihn hinweg. Mehr Respekt hätte er aber doch erwartet. Bevor er ihm sein Benehmen verwies, rückte er zur Seite, um ihn zu beobachten. Der Junge starrte die Titel der Bücher an und bewegte langsam und leise die Lippen. Ausdauernd glitt er von Band zu Band. Alle paar Minuten warf er den Kopf herum. Auf der andern Straßenseite hing über dem Laden eines Uhrmachers eine ungeheure Uhr. Es war zwanzig Minuten vor acht. Offenbar fürchtete der Kleine, etwas Wichtiges zu versäumen. Den Herrn hinter ihm beachtete er nicht. Vielleicht übte er sich im Lesen. Vielleicht lernte er die Titel auswendig. Er behandelte sie gleichmäßig und gerecht. Man merkte genau, wo er einen Augenblick hielt.

Kien tat er leid. Da verdarb er an diesem niederträchtigen Zeug seinen frischen, vielleicht schon lesehungrigen Geist. Manches miserable Buch würde er in späteren Jahren bloß deshalb lesen, weil ihm der Titel von früh auf geläufig war. Wie soll man die Empfänglichkeit der ersten Jahre beschränken? Sobald ein Kind laufen und buchstabieren kann, ist es dem Pflaster irgendeiner schlecht angelegten Straße, der Ware irgendeines Händlers, der, weiß der Teufel warum, sich auf Bücher geworfen hat, auf Ungnade ausgeliefert. Kleine Knaben müßten in einer bedeutenden Privatbibliothek aufwachsen. Der tägliche Umgang mit nur ernsten Geistern, die kluge, dunkle, gedämpfte Atmosphäre, eine hartnäckige Gewöhnung an peinlichste Ordnung, im Raum wie in der Zeit, – welche Umgebung eignete sich besser, um so zarten Geschöpfen über ihre Jugend hinwegzuhelfen? Der einzige Mensch in dieser Stadt, der eine ernstzunehmende Privatbibliothek besaß, war eben Kien selbst. Er konnte keine Kinder zu sich nehmen. Seine Arbeit erlaubte ihm keine Abschweifungen. Kinder machen Lärm. Man muß sich mit ihnen beschäftigen. Ihre Pflege erfordert eine Frau. Fürs Kochen genügt eine gewöhnliche Wirtschafterin. Für Kinder muß man sich eine Mutter halten. Wenn eine Mutter nur Mutter wäre; welche begnügt sich aber mit ihrer eigentlichen Rolle? Im Hauptfach ist eine jede *Frau* und stellt Ansprüche, die ein ehrlicher Gelehrter nicht im Traum zu erfüllen gedenkt. Kien verzichtet auf eine Frau. Frauen waren ihm bisher gleichgültig, gleichgültig werden sie ihm bleiben. So kommt der Junge mit den starren Augen und dem beweglichen Kopf zu kurz.

Aus Mitleid sprach er ihn gegen seine Gewohnheit an. Durch eine Schokolade hätte er sich gern von seinen erzieherischen Gefühlen losgekauft. Da zeigte es sich, daß es Neunjährige gibt, die ein Buch einer Schokolade vorziehen. Was dann folgte, überraschte ihn noch mehr. Der Junge interessierte sich für China. Er las gegen den Willen seines Vaters. Die Gerüchte von den Schwierigkeiten der chinesischen Schrift reizten ihn, statt ihn abzuschrecken. Auf den ersten Blick erkannte er sie, ohne sie je gesehen zu haben. Eine Intelligenzprüfung bestand er mit Auszeichnung. Das Buch, das man ihm zeigte, rührte er nicht an. Vielleicht schämte er sich seiner schmutzigen Finger. Kien prüfte sie; sie waren sauber. Ein anderer hätte auch mit schmutzigen hingegriffen. Er war in Eile, die Schule begann um acht, doch blieb er bis zur letzten Sekunde. Auf die Einladung stürzte er sich wie ein Verhungerter, der Vater quälte ihn wohl sehr. Am liebsten wäre er gleich am Nachmittag gekommen, mitten in der Arbeitszeit. Er wohnte ja im selben Hause.

Kien vergab sich das Gespräch. Die Ausnahme, die er sich gestattet hatte, schien ihm der Mühe wert. Den schon entschwundenen Jungen begrüßte er in Gedanken als einen kommenden Sinologen. Wer interessierte sich für diese abgelegene Wissenschaft? Knaben spielten Fußball, Erwachsene gingen ihrem Verdienst nach; ihre freie Zeit vertrieben sie sich mit Liebe. Um acht Stunden zu schlafen und acht Stunden nichts zu tun, ergaben sie sich die restliche Zeit einer verhaßten Arbeit. Nicht den Bauch, aber den ganzen Körper hatten sie zu ihrem Gott erhoben. Der Himmelsgott der Chinesen war strenger und würdiger. Selbst wenn der Junge nächste Woche nicht kam, unwahrscheinlich genug, so hatte er einen Namen im Kopf, der sich schwer vergaß: den des Philosophen Mong. Gelegentliche Stöße, unerwartet empfangen, geben Menschen ihre Richtung fürs Leben.

Lächelnd setzte Kien seinen Heimweg fort. Er lächelte selten. Selten war es jemandes höchster Wunsch, eine Bibliothek zu besitzen. Als Neunjähriger sehnte er sich nach einer Buchhandlung. Die Vorstellung, als ihr Besitzer darin auf und ab zu gehen, erschien ihm damals frevelhaft. Ein Buchhändler ist ein König, ein König kein Buchhändler. Für einen Angestellten kam er sich zu klein vor. Einen Laufjungen schickte man immer weg. Was hatte er von den Büchern, wenn er sie bloß als Pakete unterm Arm trug? Lange suchte er nach einem Ausweg. Eines Tages ging er nach der Schule nicht heim. Er trat in das größte Geschäft der Stadt, sechs Auslagen voller Bücher, und fing laut zu weinen an. »Ich muß hinaus, rasch, ich hab Angst!« plärrte er. Man wies ihm den Ort. Er merkte ihn sich gut. Als er zurückkam, dankte er und fragte, ob er nicht etwas helfen könne. Sein strahlendes Gesicht belustigte die Leute. Noch vor kurzem war es von jener komischen Angst verzerrt. Sie zogen ihn ins Gespräch; er wußte viel über Bücher. Für sein Alter fanden sie ihn klug. Gegen Abend schickten sie ihn weg, mit einem schweren Paket. Er fuhr auf der Elektrischen hin und zurück. Soviel Geld hätte er sich erspart. Knapp vor der Geschäftssperre, es dämmerte schon, meldete er, der Auftrag sei ausgerichtet und legte die Bestätigung auf den Ladentisch. Jemand gab ihm zur Belohnung ein saures Bonbon. Während die Angestellten in ihre Mäntel schlüpften, schlich er leise nach hinten, an jenen sichern Ort, und sperrte sich dort ein. Niemand merkte was; die dachten wohl alle an ihren freien Abend. Da wartete er lange. Erst nach vielen Stunden, spät in der Nacht, wagte er sich hervor. Im Laden war es fins-

ter. Er suchte nach dem Schalter. Bei Tage hatte er nicht daran gedacht. Als er ihn fand und schon in der Hand hatte, fürchtete er sich, Licht zu machen. Vielleicht sah ihn jemand von der Straße und holte ihn nach Hause.
Sein Auge gewöhnte sich von selbst ans Dunkel. Nur lesen konnte er nicht, das war sehr traurig. Einen Band nach dem andern holte er herunter, blätterte drin und wirklich entzifferte er manchen Titel. Später kletterte er auf der Leiter herum. Er wollte wissen, ob die oben Geheimnisse versteckten. Er fiel herunter und sagte: Ich hab' mir nicht weh getan! Der Boden war hart. Die Bücher waren weich. In einer Buchhandlung fällt man auf Bücher. Er hätte einen Turm vor sich aufbauen können, aber Unordnung fand er gemein und stellte, bevor er ein neues herunternahm, das alte an seinen Platz. Der Rücken tat ihm weh. Vielleicht war er nur müde. Zu Hause hätte er jetzt schon längst geschlafen. Hier ging es nicht, die Aufregung hielt ihn wach. Aber seine Augen erkannten die größten Titel nicht mehr, das ärgerte ihn. Er rechnete aus, wie viele Jahre es sich hier lesen ließe, ohne daß man einmal auf die Straße und in die dumme Schule ging. Warum blieb man nicht immer da! Ein kleines Bett hätte er zusammengespart. Die Mutter fürchtete sich. Er auch, aber nur ein wenig, weil es so still war. Die Gaslaternen auf der Straße gingen aus. Schatten krochen herum. Gespenster gab es doch. In der Nacht flogen sie alle her und hockten sich über die Bücher. Da lasen sie. Die brauchten kein Licht, die hatten so große Augen. Jetzt hätte er oben kein Buch mehr angerührt, nein, auch unten keines. Er kroch unter den Ladentisch und klapperte mit den Zähnen. Zehntausend Bücher, auf jedem hockte ein Gespenst. Drum war es so still. Manchmal hörte er sie blättern. Sie lasen genauso rasch wie er. Er hätte sich an sie gewöhnt, aber es waren zehntausend, da konnte einer beißen. Gespenster ärgern

sich, wenn man sie streift, sie glauben, man will sie auslachen. Er machte sich ganz klein; sie flogen über ihn weg. Der Morgen kam erst nach vielen Nächten. Da schlief er ein. Als die Leute aufsperrten, merkte er nichts. Sie fanden ihn unterm Ladentisch und schüttelten ihn wach. Erst tat er, als ob er noch schliefe, dann begann er rasch zu heulen. Sie hätten ihn gestern eingesperrt, er fürchtete sich vor seiner Mutter, die habe ihn sicherlich überall gesucht. Der Inhaber fragte ihn aus und schickte ihn, sobald er seinen Namen erfahren hatte, mit einem Angestellten nach Hause. Er lasse sich bei der Dame entschuldigen. Der Junge sei irrtümlich eingesperrt worden, aber sonst wohlauf. Er selbst verbleibe mit besten Empfehlungen. Die Mutter glaubte es und war glücklich. Jetzt besaß der kleine Lügner von damals eine großartige Bibliothek und einen ebenso berühmten Namen. […]

Ulrike Draesner

Der Funke

Drei Stufen, nein, vier, fünf ging es hinauf, hinein in einen Erker mit langen alten Fenstern, wie ich sie von nirgendwoher kannte. Halb drehen, die nächsten Stufen und durch eine Holztür treten, nach rechts abbiegen, atmen. Ja, es riecht schon. Der Gang, grauer Boden, Steinfliesen, immer verschlossene Türen zur Linken, weiter geradeaus, das Haus hat einen ersten Stock, ich weiß nicht, was sich dort befindet, es interessiert mich nicht.

Ich bin sieben Jahre alt, vielleicht noch sechs. Das Haus ist riesig, ich bin allein unterwegs, ein unsicheres und schüchternes Kind, das in der Schule den Mund nicht aufbekommt, niemals. Lange blonde Zöpfe, Rock, kratzige Wollstrümpfe, Anorak. Zwanzig Minuten bin ich quer durch den Ort gegangen, in dem mein Elternhaus steht. Noch nicht alle Straßen sind an den Abwasserkanal angeschlossen, nicht alle asphaltiert. Es gibt einen Fluss, gebirgig-kalt, eine Durchgangsstraße, auf der die tropfenden Lastwagen Kies aus der Grube abfahren. Voralpenland, Schotterfeld. Der Weg in das Haus mit Aufgang und Erker, die einzige Villa weit und breit, ist mir vertraut, ist er doch fast identisch mit meinem Schulweg. Schule, Polizei, Rathaus und Bibliothek sitzen eng beieinander, Bildung und Ordnung bilden ein Rechteck, und hinter ihm rauscht der Fluss.

Gegenüber der Bibliothek, auf der anderen Seite der großen Straße, die ich nur an der Ampel überqueren darf, jedoch liegt »der Funke«. Oder hieß er nur Funk? Er verkauft Stifte, Papier, Hefte, Plastikumschläge für Hefte, Patronen, Minidinosaurier und Riesenbarbies. Sein Laden ist lang und niedrig, dunkel und voller Regale voller kleiner Dinge. Der Mann, der zumindest in meiner Erinnerung der Papierfunk oder Papierfunke heißt, dröhnt, wenn er spricht, doch er hat Kindergeduld. Bei ihm riecht es fast noch besser als in der Bibliothek. Aus ihrem erhöhten Erdgeschoss, das vielleicht einmal eine Beletage war (auf dieses Wort werde ich in einem der Bibliotheksbücher stoßen, wo sonst), kann man auf den Funke-Laden sehen und vom Schreiben träumen.

Des Öfteren stehe ich dort am Fenster, neben dem Kinderregal.

Das Deutsche kommt mir sehr lustig vor mit seinen zusammengesetzten Wörtern. »Kinderregal« zum Beispiel.

Ein Kinderregal ist ein Regal für Kinder, das versteht sich leicht. Aber es könnte auch ein Regal mit Kindern sein, also Kinder enthalten, die im Regal zum Kauf angeboten werden wie Radiergummis und Papier. Auf Kindern schreibt die Welt. Weil dem so ist, ich meine, mit dem Schreiben und den zusammengesetzten Wörtern, steckt im »für« in diesen Fällen auch ein »mit«. Was bedeutet, dass, wenn man etwa als Kind ans Kinderregal tritt und ein Buch herausnimmt, in diesem Buch auch Kinder stecken – so wie man selbst, und man im Austausch vermutlich selbst ein bisschen in das Regal gerät.

Unsichtbar. Aber wirklich.

All dies gefällt mir sehr.

Die Glastür am Ende des Ganges steht offen, schwimmendes, gräuliches Licht, ich bin niedrig, aber schon höher als der Schreibtisch, an dem mich die Bibliothekarin empfängt. In meiner Erinnerung eine gesichtslose Frau, die aus einer Kopfkontur, einem Oberkörper und Händen besteht. Sie macht mir immer etwas Angst, sie ist eine Erwachsene, die mich bewacht. Oft bin ich in der Bibliothek allein mit ihr, allein vor dem mir zugewiesenen Regal, das weit über meinen Kopf nach oben reicht, bis an die Decke (nun ja, fast), und mindestens dreimal so lang ist wie ich mit weit ausgespannten Armen. Es gibt größere Regale in der Bibliothek, ich weiß durchaus, was möglich ist, doch fürs Erste genügt mir die alphabetische Welt an der Kinderwand vollauf.

Die Leihbibliothek ist kein selbstverständlicher Ort. Nicht jeder Mensch geht dort hinein. Und nicht jeder Mensch, die hineingeht, darf auch ein Buch mitnehmen. Der Jahresbeitrag für mich beträgt eine D-Mark. Ich weiß das noch so genau, weil es mich einiges gekostet hat, meine Mutter davon zu überzeugen, so viel Geld auszugeben.

Meine Eltern hatten ein Haus gebaut. Häuserbauen war die Wunderwelt meines Architekten-Vaters. Mir gefiel sie ebenfalls, aber sie war sehr teuer. Unser Haus roch neu nach Ziegeln und Klebstoff. Es hatte Zimmer, in denen kein einziges Möbelstück stand. Meine Eltern hatten Schulden statt Geld. Wenn es um Taschengeld ging, sagte mein Vater »Geld will es dunkel«, damit meinte er, dass es in seiner Hosentasche bleiben wollte. Aber griff man in die Tasche, war sie leer, und das mit der Dunkelheit des Geldes sagte er auch, wenn es um Lebensmitteleinkäufe und Geschenke ging. Dass meine Mutter an der Eine-DM-Front nachgab, war, wie sie mehrfach betonte, nur meinem »Gebenze« geschuldet. Der Duden behauptet, »benzen« bedeute »inständig bitten«, bayrisch, österreichisch, mundartlich. »Das Gebenze« allerdings hieß, daran kann kein Zweifel bestehen, »du nervst«.

Ich hatte mir mein Buchglück also durch Reden, Trotz und Fußmarsch gründlich erarbeitet, ja, verdient, und daher nicht vor, mir auch nur das kleinste Stück davon entgehen zu lassen. Die Regalwand nahm ich von Anfang an als Buchseite ernst. Sprich: Ich las, was in diesem Regal stand, von links

oben nach rechts unten »zeilenweise«, also regalbrettweise, durch. Die Buchstaben der »Regalseite« bestanden aus – noch mehr Buchstaben.
Ist das kein Wunder?
Da standen sie, Rücken an Rücken, mit Titeln, die mal von oben nach unten, mal von unten nach oben zu lesen waren. In jedem Fall verdrehte man sich den Hals. Es gab eine Ordnung, alphabetisch nach Autor:in, um die die Bibliothekarin sich kümmern musste, wenn ich ein Buch, was heißt eines, die maximale Anzahl von Büchern vor ihr auf den Tisch legte. Aus meiner Sicht war es einfach nur praktisch, dass die Bände einer Serie wie *Die drei???* und *Fünf Freunde* zusammenstanden. Da hatte man sich im ersten Band an eine Welt gewöhnt – und konnte gleich in ihr bleiben.
Mit Hilfe dieser Serien kam ich einer verwunderlichen, doch zugleich auch ganz selbstverständlichen Sache auf die Spur: Jedes Buch enthielt andere Bücher.
Wenn man darüber nachdenkt, erkennt man, dass es so sein muss. Wie sollte man sonst wissen, wie, sagen wir, ein Gedicht oder ein Roman zu schreiben oder zu verstehen wäre? Der neue Text stammt aus Leben und Lesen, also auch aus anderen Gedichten und Erzählungen. Hie und da baut man sie ein, verweist auf sie, lässt die Figuren und allemal die Ideen und Worte anderer Menschen weiterleben. Als Kind dachte ich keinen einzigen dieser Gedanken *in so many words*. Ich erinnere mich nur an ein Gefühl: Ich werde beschenkt.
Eine Buchseite war »eigentlich« ein Blatt Papier, also flach. Doch sie enthielt Welten. So ging es, dieses »Lesen«.
Welt um Welt öffnete sich.
Das war sehr erstaunlich.
Unsichtbar für andere, unhörbar, unspektakulär und für eine

D-Mark im Jahr geschah es wieder und wieder inmitten der wahrlich nicht riesigen, dörflichen Kinderwelt.
In der eine Fahrt »in die Stadt« etwas war, das genau geplant wurde, denn es war teuer und die Stadt fremd.
Die Buchwelten, die ich erfuhr, veränderten die Welt, in der ich lebte. Sie gaben ihr Form und Profil. Sie machten sie eng und weiteten sie zugleich. Was paradox klingt, stimmt doch: Ich wurde dank der Bücher ein weiterer Mensch. Eine, die mehr wahrnahm, besser hörte, roch, sah, denken und verbinden konnte als zuvor. Die Welt wuchs in mir.
Da sitzt die Bibliothekarin wieder und liest. Gegenüber verkauft mir Herr Funk oder Funke keine Puppe, doch Papier und einen Füllfederhalter. Und einen Bleistift. Und einen Radiergummi. Und ein Lineal. Und mehr Papier. Wir sind verbündet, die Bibliothekarin gehört dazu, sie liest und liest. Währenddessen »gehe ich vergessen«, übe unsichtbar sein. In der Wunderwelt der Bücher hat man einen Körper, der sich zum Schatten macht. Leicht wird er und schlüpft hinüber in die Reiche der Erfindung. So leicht, dass man sich selbst und die leibliche Verankerung vergisst – ich, da, auf dem Boden, vor dem Regal, bin in Wirklichkeit unterwegs im England der Enid Blyton, in Bullerbü, über und unter dem Meer.
Um Weltweite geht es. Menschen-, Zeit- und Ortsabenteuer. Um Schöpfung und Reichtum. Bis mir auf einmal heiß wird vor Angst. Wenn ich so weitermache, werden mir noch als Kind die Bücher ausgehen. So eine Wand-Buchseite in einer Bibliothek in einem Dorf in der analogen Welt ist sehr deutlich begrenzt.
Zum Glück führte die Bibliothek nach rechts weiter in einen der Erwachsenenräume. Für Kinder verboten, doch als meine Regalseite ausgelesen war, wanderte ich im Vertrauen auf die Leseversunkenheit der Bibliothekarin einfach hinüber. Neben

der Tür begann ich nach dem bewährten Verfahren wieder links oben mit der Lektüre (so weit ich, mit Hilfe eines Schemels, hinaufkam). Ich war inzwischen etwas älter, zehn vielleicht, trotzdem waren mir diese langen russischen Namen in den Romanen von Dostojewskij und Tolstoj zu kompliziert. Ich ließ sie kurzerhand weg. Diffus erinnere ich mich an einen Herrn Raskolnikow, dessen Probleme ich nicht verstand. Das war bei Anna Karenina viel besser, auch der Name war mir sofort sympathisch. Am Ende rettete mich, dass ich die Möglichkeit entdeckte, gelesene Bücher wiederzulesen. Und auf Neuzugänge zu hoffen.

So kam es, dass ich jahrelang zwischen der Bibliothek und meinem Zuhause hin- und herrannte wie ein kleines Buchshuttle. In der Bibliothek las ich auf dem Boden an, was ich mitnehmen wollte, packte den Schulranzen voll, trug den Schatz in meine Höhle am anderen Ende des Ortes, wo der Fluss Chemieschaum aufstülpte, um wenige Tage später zurück zu »meiner Villa« zu laufen und so weiter.
Vermutlich hatte es mit diesem kindlichen Unterwegssein als Buchtransporter zu tun, dass ich mich so freute, als man mir während meines Studiums in Oxford erklärte, wie der Ausleihservice der damals noch nicht digitalisierten Literatur funktionierte. Die zahlreichen Colleges der Universitätsstadt haben je eigene, zum Teil großartige Bibliotheken in fast noch großartigeren, altehrwürdigen Räumlichkeiten zu bieten. Zugig, holzig, stilvoll. Meine Lieblingsbibliothek allerdings ist, in der Mitte der alten Stadt gelegen, die Bodleian Library, kurz, achtungsvoll und vertraut »the Bod« genannt. Wie »the body«, versteht sich: der Buchkörper schlechthin, Eigentum der Universität, eine der ältesten Bibliotheken Europas, mit prächtigen Lesesälen zum Teil noch aus dem 15. Jahr-

hundert. Ein Buchkörper, in dem man unter gemalten Sternenhimmeln sitzt, eingebunden in die Musik von Mikro- und Makrokosmos, die sich umeinander drehen, fast hört man es.

Tatsächlich besteht die Bod aus zahlreichen Gebäuden, sogenannten Sub- und Spezialbibliotheken, die wie die Fruchtkörper eines Pilzes auf dem alten Wissensmyzel der ersten mittelalterlichen Buchsammlungen wachsen. In der von James Gibbs in der Mitte des 18. Jahrhunderts als naturwissenschaftliche Bibliothek entworfenen Radcliffe Camera, die mit ihren rundum gezogenen Eingängen und Fenstern an ein Insektenauge oder tatsächlich an eine vieläugige Kamera erinnert, holt man bestellte Bücher ab oder geht selbst durch Archivbestände. Handapparate für moderne Sprachen findet man in der Taylorian, Luftlinie vielleicht 200 Meter vom Hauptgebäude der Bodleian entfernt; auch bestellte Bücher kann man sich dorthin liefern lassen.

Und eben davon will ich erzählen: Wie kommen die Bücher der Bod zu den inzwischen über die gesamte Stadt verteilten Ausgabestationen? Früher wurde der Transfer zwischen den verschiedenen Öffnungen des verzweigten Archivs durch Boten erledigt, die zu Fuß unterwegs waren. Später ging man dazu über, Fahrräder und Kutschen zu beladen, erste motorisierte Fahrzeuge kamen zum Einsatz. Doch Oxford ist eng, eine mittelalterliche Stadt – durch eines der Colleges läuft bis heute ein Teil der einstigen Stadtmauer –, mit Gässchen eher denn Straßen. Bald drohte der Buchverkehr allen anderen Verkehr unmöglich zu machen, so dass man ein unterirdisches Tunnelsystem entwarf, mit Förderbändern bzw. -wägelchen, die in den einzelnen Bibliotheksgebäuden von Hand bestückt und abgeschickt und am Zielort wieder entladen wurden. Heute ist das Be- und Entladen vermutlich vollkommen automati-

siert, doch das Fördersystem an sich besteht weiter. Denn nicht alles wird digital gelesen.
Die gesamte Stadt muss man sich als von Buchtunneln unterhöhlt vorstellen. Kreuzungen, Zufahrten, Verzweigungen – ein eigenes Straßennetz des Wissens und der Erfindungen, Tag und Nacht in Bewegung, unter der Oberfläche der versiegelten Straßen, unter Gärten und Baumwurzeln, Mauern aus dem 10. Jahrhundert, der Harry-Potter-Eiche in einem der Höfe von New College, neben elektrischen Leitungen und dem Abwassersystem der Stadt.
Was für ein Gegurgel.
Und welche Beruhigung für jemanden wie mich.
Nie werden mir die Bücher ausgehen. Ich muss nur an Oxford denken, um das geradezu körperlich zu wissen. Wie sie dort hin- und hergleiten, Bücher auf Bändern, Bände in Körben, einer am anderen, jeder ein kleines Buchshuttle. Tag und Nacht zu Lesern und Leserinnen unterwegs.
Was mich an einen Kommilitonen erinnert. Irgendwann Anfang der 90er Jahre stand ich mit ihm im Treppenhaus des Germanistischen Instituts in München. Er hatte eben zu BWL als Nebenfach gewechselt. Aus Frust! Weil ihm klargeworden war, dass er nie im Leben alle Bücher würde lesen können. Nicht einmal die auf Deutsch geschriebenen.
Ich blickte ihn erstaunt an. Da hatten wir das Gleiche erkannt – und zogen so unterschiedliche Konsequenzen daraus. Ich empfand eine tiefe Dankbarkeit. Nie mehr würde ich Angst haben vor dem Ende eines Regals. Die Welt der Bücher war größer, umfassender und zeitloser als ich.
Die Bücher hatten keine Bedeutung X oder Y.
Sie waren Bedeutung.
Ich würde sterben. Aber sie würden weiterexistieren.

Carlos Ruiz Zafón

Der Friedhof der vergessenen Bücher

Ich erinnere mich noch genau an den Morgen, an dem mich mein Vater zum ersten Mal zum Friedhof der vergessenen Bücher mitnahm. Die ersten Sommertage des Jahres 1945 rieselten dahin, und wir gingen durch die Straßen eines Barcelonas, auf dem ein aschener Himmel lastete und dunstiges Sonnenlicht auf die Rambla de Santa Mónica filterte.

»Daniel, was du heute sehen wirst, darfst du niemandem erzählen«, sagte mein Vater. »Nicht einmal deinem Freund Tomás. Niemandem.«

»Auch nicht Mama?« fragte ich mit gedämpfter Stimme.

Mein Vater seufzte hinter seinem traurigen Lächeln, das ihn wie ein Schatten durchs Leben verfolgte.

»Aber natürlich«, antwortete er gedrückt. »Vor ihr haben wir keine Geheimnisse. Ihr darfst du alles erzählen.«

Kurz nach dem Bürgerkrieg hatte eine aufkeimende Cholera meine Mutter dahingerafft. An meinem vierten Geburtstag beerdigten wir sie auf dem Friedhof des Montjuïc. Ich weiß nur noch, daß es den ganzen Tag und die ganze Nacht regnete und daß meinem Vater, als ich ihn fragte, ob der Himmel weine, bei der Antwort die Stimme versagte. Sechs Jahre später war das Fehlen meiner Mutter für mich noch immer eine Sinnestäuschung, eine schreiende Stille, die ich noch nicht mit Worten zum Verstummen zu bringen gelernt hatte. Mein Vater und ich lebten in einer kleinen Wohnung in der Calle Santa Ana beim Kirchplatz. Die Wohnung lag direkt über der von meinem Großvater geerbten, auf Liebhaberausgaben und antiquarische Bücher spezialisierten Buchhandlung, einem verwunschenen Basar, der, wie mein Vater hoffte, eines Tages in meine Hände übergehen würde. Ich wuchs inmitten von Büchern auf und gewann auf zerbröselnden Seiten, deren Geruch mir noch immer an den Händen haftet, unsichtbare Freunde. Als Kind lernte ich damit einzuschlafen, daß ich meiner Mutter im dämmrigen Zimmer die Ereignisse zwischen Morgen und Abend, meine Abenteuer in der Schule erklärte und was ich an diesem Tag gelernt hatte. Ich konnte ihre Stimme nicht hören und ihre Berührung nicht fühlen, aber ihr Licht und ihre Wärme glühten in jedem Winkel der Wohnung, und mit der Zuversicht dessen, der seine Jahre noch an den Fingern abzählen kann, dachte ich, wenn ich nur die Augen schlösse und mit ihr spräche, könnte sie mich vernehmen, wo immer sie auch sein mochte. Manchmal hörte mir mein Vater im Eßzimmer zu und weinte verstohlen.

Ich erinnere mich, daß ich in jener Junimorgendämmerung schreiend erwachte. Das Herz hämmerte mir in der Brust, als wollte sich die Seele einen Weg bahnen und treppab stürmen. Erschrocken stürzte mein Vater ins Zimmer und nahm mich in die Arme, um mich zu trösten.

»Ich kann mich nicht mehr an ihr Gesicht erinnern. Ich kann mich nicht mehr an Mamas Gesicht erinnern«, keuchte ich.

Mein Vater umarmte mich fest.

»Hab keine Angst, Daniel. Ich werde mich für uns beide erinnern.«

Wir schauten uns im Halbdunkel an und suchten nach Worten, die es nicht gab. Das war das erste Mal, daß ich merkte, daß mein Vater alterte und seine Augen, Augen aus Nebel und Verlust, immer in die Vergangenheit blickten. Er stand auf und zog die Vorhänge zurück, um das laue Frühlicht hereinzulassen.

»Los, Daniel, zieh dich an. Ich möchte dir etwas zeigen.«

»Jetzt? Um fünf Uhr früh?«
»Es gibt Dinge, die man nur im Dunkeln sehen kann«, gab mein Vater mit einem rätselhaften Lächeln zu verstehen, das er vermutlich einem Roman von Alexandre Dumas entliehen hatte.
Noch dämmerten die Straßen matt in Dunst und Nachttau dahin, als wir aus dem Haus traten. Flimmernd zeichneten die Straßenlaternen der Ramblas eine diesige Allee, während die Stadt sich reckte und streckte und ihr blasses Nachtgewand ablegte. Bei der Calle Arco del Teatro angekommen, wagten wir uns unter dem sich in blauem Dunst abzeichnenden steinernen Bogen ins Raval-Viertel hinein. Ich folgte meinem Vater auf diesem engen Weg, eher Scharte als Straße, bis sich der Abglanz der Rambla hinter uns verlor. In schrägen Quentchen sickerte das helle Morgenlicht von Balkonen und Gesimsen bis knapp über den Boden. Endlich blieb mein Vater vor einem von Zeit und Feuchtigkeit schwarz gewordenen Portal stehen. Vor uns ragte etwas auf, was mir wie die verlassenen Überreste eines Palastes oder eines Museums aus Echos und Schatten vorkam.
»Daniel, was du heute sehen wirst, darfst du niemandem erzählen. Nicht einmal deinem Freund Tomás. Niemandem.«
Ein Männchen mit dem Gesicht eines Raubvogels und silbernem Haar öffnete uns die Tür. Unergründlich heftete sich sein durchdringender Blick auf mich.
»Guten Morgen, Isaac. Das ist mein Junge, Daniel«, verkündete mein Vater. »Er wird bald elf, und irgendwann übernimmt er das Geschäft. Er ist alt genug, um diesen Ort kennenzulernen.«
Mit einem leichten Nicken bat uns Isaac herein. Bläuliches Halbdunkel hüllte alles ein, so daß die Konturen einer breiten Marmortreppe und eine Galerie mit Fresken voller Engels-

und Fabelfiguren gerade eben angedeutet wurden. Wir folgten dem Aufseher durch einen prächtigen Gang und gelangten in einen riesigen, kreisförmigen Saal, wo sich eine regelrechte Kathedrale aus Dunkelheit zu einer von Lichtgarben erfüllten Kuppel öffnete. Ein Gewirr aus Gängen und von Büchern überquellenden Regalen erstreckte sich von der Basis zur Spitze und formte einen Bienenstock aus Tunneln, Treppen, Plattformen und Brücken, die eine gigantische Bibliothek von undurchschaubarer Geometrie erahnen ließen. Mit offenem Mund schaute ich meinen Vater an. Er lächelte und blinzelte mir zu.

»Willkommen im Friedhof der vergessenen Bücher, Daniel.«

In den Gängen und Lichtungen der Bibliothek verstreut, zeichneten sich ein Dutzend Gestalten ab. Einige von ihnen wandten sich um und grüßten aus der Ferne, und ich erkannte die Gesichter mehrerer Kollegen meines Vaters aus der Gilde der Antiquare. Wie merkwürdig, wie verschwörerisch sahen diese wohlvertrauten Männer auf einmal aus! Mein Vater kauerte sich neben mir nieder, schaute mir fest in die Augen und sprach leise auf mich ein.

»Was du hier siehst, Daniel, ist ein geheimer Ort, ein Mysterium. Jedes einzelne Buch hat eine Seele. Die Seele dessen, der es geschrieben hat, und die Seele derer, die es gelesen und erlebt und von ihm geträumt haben. Jedesmal, wenn ein Buch in andere Hände gelangt, jedesmal, wenn jemand den Blick über die Seiten gleiten läßt, wächst sein Geist und wird stark. Schon vor so vielen Jahren, als mein eigener Vater zum ersten Mal mit mir hierherkam, war dieser Ort uralt. Vielleicht so alt wie die Stadt selbst. Niemand weiß mit Bestimmtheit, seit wann es ihn gibt oder wer ihn geschaffen hat. Ich erzähle dir jetzt, was mir schon mein Vater erzählt hat. Wenn eine Bibliothek verschwindet, wenn eine Buchhandlung ihre Türen schließt, wenn ein Buch dem Vergessen anheimfällt, dann versichern wir uns, die wir diesen Ort kennen, also die Aufseher, daß es hierhergelangt. Hier leben für immer die Bücher, an die sich niemand mehr erinnert, die Bücher, die sich in der Zeit verloren haben und hoffen, eines Tages einem neuen Leser in die Hände zu fallen. In einer Buchhandlung werden Bücher verkauft und gekauft, aber eigentlich haben sie keinen Besitzer. Jedes Buch, das du hier siehst, ist jemandes bester Freund gewesen. Jetzt haben sie nur noch uns, Daniel. Glaubst du, du wirst dieses Geheimnis für dich behalten können?«

Ich schaute meinen Vater fragend an und nickte dann. Er lächelte.

»Und weißt du das Beste?« fragte er.

Ich schüttelte den Kopf.

»Der Brauch will es, daß jemand, der diesen Ort zum ersten Mal besucht, sich ein Buch aussuchen muß, dasjenige, das ihm am meisten zusagt, und er muß es adoptieren und dafür sorgen, daß es nie verschwindet, daß es immer weiterlebt. Das ist ein ganz wichtiges Versprechen. Auf Lebenszeit. Heute bist du dran.«

Fast eine halbe Stunde spazierte ich durch dieses Labyrinth, das nach altem Papier, Staub und Magie roch. Sachte fuhr ich mit der Hand über die Rücken der ausgestellten Bücher, während ich meine Wahl prüfte. Auf den verwaschenen Bänden las ich Titel in Sprachen, die ich erkannte, und viele andere, die ich nicht einzuordnen vermochte. Ich lief durch gewundene Gänge und Galerien mit Hunderten, Tausenden von Bänden, die mehr über mich zu wissen schienen als ich über sie. Bald befiel mich der Gedanke, hinter dem Einband jedes einzelnen dieser Bücher tue sich ein unendliches, noch zu erforschendes Universum auf und jenseits dieser Mauern verschwendeten die Menschen ihr Leben an Fußballnachmittage und Radioserien, zufrieden damit, kaum über ihren Nabel hinauszusehen. Vielleicht war es dieser Gedanke, vielleicht der Zufall oder sein stolzer Verwandter, das Schicksal – jedenfalls war mir genau in diesem Moment klar, daß ich das Buch bereits gewählt hatte, das ich adoptieren würde. Oder vielleicht müßte ich sagen, das Buch, das mich adoptieren würde. In weinrotes Leder gebunden, stand es schüchtern am Ende eines Bords und raunte seinen Titel in Goldlettern, die im Licht der Kuppel leuchteten. Ich trat hinzu, strich mit den Fingerspitzen über die Wörter und las lautlos:

Julián Carax
Der Schatten des Windes

Noch nie hatte ich diesen Titel oder den Namen seines Autors gehört, doch das war mir egal. Der Entschluß war gefaßt. Von beiden Seiten. Äußerst behutsam ergriff ich das Buch und blätterte es durch. Aus der Gefangenschaft des Regals befreit, verströmte es eine goldene Staubwolke. Ich war zufrieden mit meiner Wahl und ging mit dem Buch unter dem Arm durch das Labyrinth zurück. Vielleicht hatte mich die Zauberstimmung dieses Orts bezwungen – jedenfalls hatte ich die Gewißheit, daß das Buch seit Jahren, wahrscheinlich seit der Zeit vor meiner Geburt, hier auf mich gewartet hatte.

Wieder zu Hause in der Calle Santa Ana, zog ich mich an diesem Nachmittag in mein Zimmer zurück und beschloß, die ersten Zeilen meines neuen Freundes zu lesen. Bevor ich es recht merkte, war ich schon rettungslos hineingestürzt. Der Roman erzählte die Geschichte eines Mannes auf der Suche nach seinem richtigen Vater, den er nie kennengelernt hatte und von dem er nur dank der letzten Worte erfuhr, die seine Mutter auf dem Totenbett sprach. Die Geschichte dieser Suche wurde zu einer rastlosen Odyssee, auf der der Protagonist darum kämpfte, eine verlorene Kindheit und Jugend wiederzufinden, und auf der man langsam den Schatten einer verfluchten Liebe entdeckte, deren Erinnerung ihn bis ans Ende seiner Tage verfolgen sollte. Je weiter ich in der Lektüre kam, desto mehr erinnerte mich die Erzählweise an eine dieser russischen Puppen, die immer weitere und kleinere Abbilder ihrer selbst in sich bergen. Die Minuten und Stunden verflogen im Nu. Gefangen in der Geschichte, vernahm ich Stunden später kaum die mitternächtlichen Glockenschläge der Kathedrale in der Ferne. Unter dem gelben Licht der Tischlampe tauchte ich in eine Welt von Bildern und Gefühlen, wie ich sie nie zuvor kennengelernt hatte. Figuren, die mir so wirklich erschienen wie meine Umwelt, saugten mich in einen Tunnel von Abenteuern und Geheimnissen hinein, dem ich nicht mehr entrinnen mochte. Seite um Seite ließ ich mich vom Zauber der Geschichte und ihrer Welt einhüllen, bis der Morgenhauch über mein Fenster strich und meine erschöpften Augen über die letzte Seite glitten. Im bläulichen Halbdunkel der Dämmerung legte ich mich mit dem Buch auf der Brust hin und lauschte dem Gemurmel der schlafenden Stadt. Traum und Müdigkeit klopften an, aber ich mochte mich nicht ergeben. Ich wollte den Zauber der Geschichte nicht verlieren und mich noch nicht von ihren Figuren verabschieden.

Einmal hörte ich einen Stammkunden in der Buchhandlung meines Vaters sagen, wenige Dinge prägten einen Leser so sehr wie das erste Buch, das sich wirklich einen Weg zu seinem Herzen bahne. Diese ersten Seiten, das Echo dieser Worte, die wir zurückgelassen glauben, begleiten uns ein Leben lang und meißeln in unserer Erinnerung einen Palast, zu dem wir früher oder später zurückkehren werden, egal, wie viele Bücher wir lesen, wie viele Welten wir entdecken, wieviel wir lernen oder vergessen. Für mich werden diese verzauberten Seiten immer diejenigen sein, die ich auf den Gängen des Friedhofs der vergessenen Bücher fand.

Christoph Meckel
Die Freiheit der Bücher

Als ich neun Jahre alt war, während des Kriegs, sah ich Bücher in Gefangenschaft. Das waren die Bücher im Buchschrank meines Großvaters. Es war ein schwarzbrauner schwerer Eichenholzschrank mit Glasfenstern, beichtstuhlähnliches Ungebilde, das sich raumverschlingend im überfüllten kalten oder überheizten Wohnzimmer ausdehnte. Dieser Bücherfriedhof war fest verschlossen und der Schlüssel fortgelegt in einen Behälter, der unerreichbar anderswo war. Zugeholzt von misanthropischen Möbeln, eingeledert von Sesseln und unbegreiflich leseunlustig verstellte der Großvater mir den Weg zu den Büchern. Auf welche Weise war es möglich, die durch das grüne Glas gesehenen, wie unter Wasser fischfern vorhandenen Bücher zu erreichen und herauszuholen in meine buchstabierende, schnörkelschrifthungrige Freiheit? Es blieb der Umweg über das Lexikon. Ich sammelte Wörter, Begriffe und Namen, die meines Wissens nach Erklärung verlangten, und veranlaßte den Großvater, die Lexika auferstehen zu lassen für die Dauer einer gemeinsamen Begriffsforschung, die sich unkundig, bebrillt und mit angefeuchtetem Finger in tausend bebilderten Seiten zu orientieren versuchte. So kamen für einen Abend erwachsene Bücher in meine Hand. Sie nahmen teil am Leben auf dem Tisch, neben Servietten, Messerbänkchen und leeren Zuckerdosen waren sie Gegenstände, die man benutzen konnte. Sie verschwanden wieder in ihrer Versenkung, und ich stand vor dem grünen Glas und hoffte auf später.

Wenig später, in der Nachkriegsbibliothek meines Vaters, sah ich Bücher, die in Freiheit lebten. Sie lagen – improvisierte, babylonische Türme – auf Tisch und Teppich, standen gereiht und geordnet, aber nicht gezählt, auf sieben mal sieben Regalen und waren das halbe Leben. Die Hand nahm, was dem Auge gefiel, aus dem altgrauen, neubunten Defilee der Buchrücken und verschleppte Belletristik haufenweise in die private Lesefestung. Aber die Freiheit der Bücher war zeitlich begrenzt, also nicht vollkommen. Kein Buch durfte fehlen, solange mein Vater in seinem Zimmer arbeitete (mit zwei Fingern Brotarbeit in die Schreibmaschine klopfte), es sei denn, es fehlte mit seiner Zustimmung. Mit seiner Zustimmung durften die Klassiker fehlen, Goethe, Schiller und Goethes Mutter, Fontane und Stifter. Vor allen Dingen der von ihm geliebte und empfohlene Stifter durfte in allen Werkausgaben fehlen und sich bei mir ansammeln, aber gerade dieser eine betraf mich noch nicht. Die Klassiker waren entfernte Verwandte, halb totgerittene Schulbuchpferde oder solide Hausgeister, die ich schon kannte und wiederlas, aber gleichsam mit gerümpften Augen; sie betrafen meinen Vater und seine Überzeugung vom überzeitlichen Wert der Dichtung, mich betrafen sie nicht. Ich suchte Bücher aus dieser Zeit, die, ruiniert und chaotisch, schon meine war. Ich verlangte Unruhe, Anarchie, Witz, Wahnsinn, Utopie und Provokation, querschlagende Sprache, Unmögliches, Herrlichkeit. *Wir saßen auf dem Klosett und träumten / Himmel violett und Meere die schäumten* – das gefiel mir schon besser, dort fing mein Begreifen an, und am besten gefiel mir, was ich noch kaum verstand, aber akustisch und körperlich bis zu Schmerzen aufnahm: die gefährlichen, vollen, hinein- und hinunterreißenden Strophen von Heym, Benn, Eliot und Lautréamont.

Sobald mein Vater die Wohnung verließ, verschwand ich in seinem Zimmer, ging unter die Bücher und vergrößerte ihre und meine Freiheit für eine halbe Nacht. Das war viel Freiheit, aber doch nicht genug. Ich kam zu der Überzeugung, daß man ein Buch nicht nur lesen, sondern vor allen Dingen besitzen müsse. Nur im ungeteilten Besitz war die Freiheit der Bücher vollkommen. Das eigene Buch begleitete lange Reisen, verzauberte Jackentaschen und machte Schulmappen erträglich. Nur das im Besitz befindliche, auf der Haut getragene, von eigenem Geld gekaufte, womöglich gestohlene Buch war eine brauchbare Grundlage für weiterführendes Lesen. Überhaupt war ein Buch nur dann von Wert, wenn man es schlecht behandeln, leidenschaftlich mißhandeln konnte mit Fettflecken, Anstreichungen, Ausrufezeichen und Eselsohren, und am wertvollsten waren die unaufgeschnittenen, französischen Bücher, weil sie Umstände machten, während man las. Ich rückte ihnen mit kleinem Messer auf den Leib, schnitt sie auf und eroberte sämtliche Seiten. Das war die Verwirklichung des Lesens. Das brachte die Bücher und ihre Inhalte restlos und unwiderruflich in meinen Besitz und befreite sie vom Mitbestimmungsrecht anderer (ich schrieb meinen Namen auf die erste Seite). Nichts rief je den Wunsch nach Besitz hervor, außer Büchern und Schreibzeug.

Raubritterliches Lesen war nicht genug, die eingeschränkte Freiheit nicht länger tragbar, die Nachkriegsbibliothek meines Vaters zu schnell erschlossen. Auf eigene Anregung hin verlagerte ich mich schüchtern, dann anmaßend und schließlich störend in die Stadtbibliothek (die alterslosen Damen dort kannten mich bald, dünnhaarige Karteiteufel, und wurden nicht pomadiger, als ich von Gerhart Hauptmann nichts wissen wollte). Die Stadtbibliothek war ein ochsenblutroter Klosterbau in der Freiburger Schneckenvorstadt, umgeben von Kopfsteinpflaster und alten Kastanien. Ich durchsuchte gründlich alle Kataloge, erwartete Antwort auf fachungerechte Fragen und drängte mich vor: ich, der wichtigste Bücherleser der Welt! Ich verlangte vom Hörensagen gekannte Namen: Conrad, Melville, Flaubert, Tolstoi und Puschkin, das waren Namen, die es im Zimmer meines Vaters nicht gab. Es gab dort weder Rosa Luxemburg noch das Manifest der kommunistischen Partei. *Ein Gespenst geht um in Europa* – das war ein alter, unerhörter Text und eine für mich ganz neue Tatsache, die sich schockartig – ein Erkenntnisgewitter – auf alles gegenwärtige und zukünftige Lesen auswirkte (und noch heute habe ich vor, das Manifest zu illustrieren oder richtiger: kritisch zu bebildern mit kleinen, präzisen, verflixt pointierten Gravüren). Ein Buch der Stadtbibliothek gehörte mir für drei Wochen, das war gestempelt und eingetragen und war ein erkennbarer Fortschritt von Freiheit. Ich las das kommunistische Manifest im Alten Friedhof, Swift und Voltaire bei Glockengeläut im Freiburger Münster, ich las auf dem Fußweg nach Hause, an Kreuzungen wartend, und manches Buch war zur Hälfte gelesen, wenn ich verspätet zum Nachtessen eintraf. Die langen Fußwege gehörten zur Bücherbefreiung, es gehörte dazu das Trambahntrödeln zu Leuten, die unausleihbare Unikate besaßen und broschierte Lyrik, von der die Bibliothek nie etwas erfuhr und die ich abschrieb in karierte Hefte.

In der Stadtbibliothek entdeckte ich die Gedichte von Georg Trakl. Gleichermaßen bewußt und betäubt las ich den Karl Kraus gewidmeten *Psalm (Es ist ein leeres Boot, das am Abend den schwarzen Kanal herunter treibt)* und erfuhr wie vorher nur von Hölderlin, was lyrische Sprache war und mein Element. Was ich in Trakls Sätzen las, das gab es auch, wo ich war, das lebte ich selber: Glocken, Gärten und Musik in Zimmern, reicher Sommer, Föhn und Fülle des Herbstes, alter Friedhof und Schenken auf dem Land, das Brot, die Nüsse und immer wieder: der Wein. Trakls Salzburg war mein Geschwisterort und Freiburg, obwohl zerstört, ein Ort von vergleichbarer Fülle. Aus diesen Gedichten erfuhr ich, daß ich selber in einer *schönen Stadt* und viel mehr noch in einer alten Welt zu Hause war, die ihr *Grodek* kannte und ihren Untergang. Gleichzeitig entdeckte ich die *Grashalme* von Walt Whitman. Im hellen, offenen Pathos weiträumiger Verse las ich die Überwindung der Einsamkeit, Bejahung des Menschen und der Geschichte, unzerstörbare Hoffnung und Wille zur Zukunft. Bei Trakl und Whitman las ich mein ungeschriebenes Leben, frei schwebend und sprachlos unter der Schädeldecke.

Trakl und Whitman waren die ersten Dichter, deren Bücher ich kaufte, schmale billige Auswahlbände der Nachkriegszeit, freie Bücher, die ersten in meiner Freiheit.

Cees Nooteboom

Begegnung mit einem Großbuchstaben[1]

Man kommt mit rotem oder mit schwarzem Haar auf die Welt, im zwanzigsten oder im fünfzehnten Jahrhundert, man hält eine Rede vor der Accademia della Crusca in Florenz, und aus dem Korb der sechsundzwanzig Buchstaben, mit denen *Macbeth, Die Odyssee, Maria Stuart* und *Don Quijote* geschrieben wurden, fällt der Buchstabe L, der im Italienischen der Anfang des Wortes Freiheit ist, in meiner Sprache jedoch nicht.

Ich wohne im Sommer auf der Mittelmeer-Insel Menorca, es war ein heißer Julitag, und plötzlich wehte dieser zufällige Buchstabe L bei mir herein, so unabwendbar wie rotes Haar oder mein Geburtsjahr 1933. Das L, mit dem ich nun schon 62 Jahre in seiner Mehrfachform eines Kleinbuchstabens, eines aufdringlichen, eiligen Kursivlings, des breitbeinigen griechischen Lambdas sowie eines Großbuchstabens, der zugleich eine Zahl sein will, mehr oder weniger intimen Umgang pflege, nahm als Großbuchstabe mir gegenüber Platz. Sie sehen es sicher vor sich, es ist dafür wie geschaffen, und ich habe ziemlich gerade spanische Bauernstühle. Beim Eintreten stand es einen Moment lang in der Tür in seiner geradlinigen Schlichtheit, die wir zu Unrecht als Kleinbuchstaben bezeichnen, doch im Sitzen hatte es die Würde des Nachdrucks, wodurch unsere erste Unterredung etwas Förmliches

1 Text entstanden auf Anfrage der Accademia della Crusca in Florenz; die geladenen Autoren wurden gebeten, über einen Buchstaben des Alphabets zu sprechen.

bekam, aber auch Ähnlichkeit mit einem Examen. Zudem war es in die strenge holländische Elsevier gekleidet, was ihm einen fast kalvinistischen Anstrich verlieh.
Buchstaben sprechen, wie Sie wissen, alle Sprachen, und so sprach auch dieses L ein makelloses Niederländisch, ein wenig so, wie unsere Königin es ausspricht, und ich nehme an, Sie wollen mir glauben, daß das fast nicht zu übertreffen ist.
Mein L war allerdings nicht des Vergnügens wegen gekommen.
»Haben Sie den Auftrag der Accademia richtig verstanden?« fragte es.
»Ich denke schon«, sagte ich. »Ich soll mir ein Wort in meiner eigenen Sprache aussuchen, das meiner Ansicht nach etwas mit der Idee der Freiheit zu tun hat und mit Ihnen anfängt.«
»Und? Haben Sie schon etwas gefunden?« Der Ton hatte nun etwas Inquisitorisches. Ich habe mich bei Prüfungen nie sonderlich wohl gefühlt.
»Um Ihnen die Wahrheit zu sagen, ich schwanke noch«, sagte ich. »Es gibt zwei Wörter in meiner Sprache, die in meinem Leben von Bedeutung gewesen sind und die mir beide geholfen haben, meine Freiheit zu finden.«
»Und was für Wörter sind das? Substantive?«
»Nein, Verben.«
Für einen Moment blieb es still.
»Ich wüßte gern, was nach mir kommt«, sagte das L schließlich.
»Das verstehe ich«, antwortete ich, »aber ich hätte gern etwas Bedenkzeit.«
»Sie müssen sich also zwischen zwei Verben entscheiden. Meinen Sie nicht, daß Substantive eine Idee viel besser ausdrücken können?«

»Und, was ist mit dem Verb *sein*«, entgegnete ich, doch leicht irritiert. »Auf ihm beruht die gesamte Philosophie. Es wird von Heidegger zu Unrecht mit S geschrieben, als *Sein*, ist aber doch ziemlich essentiell, denken Sie nur an essere …«

»S und Z sind nicht gerade meine liebsten Kollegen«, sagte das L und stand auf. »Gut, ich gebe Ihnen einen Tag Bedenkzeit. Gibt es auf dieser Insel eine anständige Bibliothek, in der ich schlafen kann?«

»Es gibt die Öffentliche Bibliothek«, sagte ich, »aber die wird von allem möglichen besucht, auch von Zeitungen und so.«

»Ich darf nicht wählerisch sein, ich habe eine dienende Funktion.«

»Das weiß ich, aber was halten Sie von der Kathedrale? Dort gibt es wunderbare große Meßbücher, mit ganz viel Platz.«

»Vielleicht«, sagte das L und ging zur Tür. Jetzt, da es wieder zu einem Kleinbuchstaben geworden war, wirkte es gleich viel sympathischer.

»Darf ich vielleicht an Ihrem Dilemma teilhaben?« fragte es plötzlich.

»Wenn Sie mich nicht beeinflussen, habe ich nichts dagegen«, sagte ich. »Es geht um Laufen oder Lesen, in der Sprache der Accademia also um *caminare* oder *leggere*.«

»Das erste haben Sie früher gemacht als das zweite.«

»Stimmt. Aber nach dem zweiten habe ich das erste anders gemacht. Und Sie sollten mich doch nicht beeinflussen.«

»Laufen und Freiheit«, dachte das L laut. »Und dann Lesen und Freiheit. Ich würde sagen …«

In jener Nacht hatte ich Zeit, über alles nachzudenken.

Mit Laufen, *caminare*, hatte ich natürlich nicht die simple Tätigkeit gemeint, mit der ich fallender- und wieder aufstehenderweise 1935 begonnen hatte, sondern das Reisen, das mein Leben beherrscht hat.

Andererseits, diese zweite Aktivität, das anfangs mühsame Entziffern geheimer Zeichen – und das Übersetzen dieser Zeichen in eine Wirklichkeit, die sie benennen sollten –, mit der ich kurz vor dem Zweiten Weltkrieg begonnen habe, hatte mein Leben ebenso nachhaltig geprägt.

Wann, fragte ich mich, hat das richtige Lesen eigentlich angefangen? In den Klosterschulen der Franziskaner und Augustiner hatte ich Cicero und Ovid, Platon, Xenophon und Homer gelesen, ich war also schon auf dem Parnaß gewesen, bevor ich in die Armenviertel und Außenbezirke, die Parks und Wüsten der zeitgenössischen Literatur kam. Später sollte ich immer neidisch auf Schriftsteller wie Proust, Borges und Nabokov blicken, die in den Bibliotheken ihrer Väter all die Schätze vorgefunden hatten, mit denen sie ein Leben lang wuchern sollten. Bei mir zu Hause gab es keine Bücher. Von den Mönchen hatte ich Lesen gelernt, das immerhin, und dafür werde ich ihnen auch ewig dankbar sein, doch einen Bezug zu meinem eigenen Leben, Literatur, die nicht aus Marmor war, sondern mit mir selbst und der anfänglich so verwirrenden Welt um mich herum zu tun hatte, den fand ich erst später. Dabei handelt es sich natürlich um einen Prozeß, der nicht an einem bestimmten Tag einsetzt, und trotzdem, meine ich, kann ich eine Jahreszahl dafür angeben: 1953. Das war das Jahr, in dem ich plötzlich beschloß, ohne Gepäck und eigentlich auch ohne Geld per Anhalter in die Welt hinauszuziehen. Ich war neunzehn, und ich begann im wahrsten Sinne des Wortes zu laufen. Doch es war auch das Jahr, in dem ich zum erstenmal Sartre und Faulkner las. Das weiß ich, weil ich immer das Datum in die Bücher schrieb, die ich kaufte. *Sanctuary* von Faulkner, *L'existentialisme est un humanisme* von Sartre, jeweils in der Originalsprache, und was ich damals davon verstanden habe, läßt sich heute schwer ermitteln, doch eines weiß ich gewiß:

daß ich in jenem Jahr reisend und lesend die Tür zur Freiheit für mich aufgestoßen habe. Mit dem Laufen habe ich nie wieder aufgehört, und mit dem Lesen auch nicht.

Ein Jahr danach war ich Schriftsteller oder, besser gesagt, ich hatte mein erstes Buch geschrieben, und von dem Moment an nannte mich jeder einen Schriftsteller. Manchmal bedaure ich das fast, und nicht nur deshalb, weil es zu früh war. Borges hat einmal gesagt, Lesen sei um so vieles kultivierter als Schreiben, und mag er die Aussagekraft dieser Äußerung wohl dadurch abgeschwächt haben, daß er doch noch ziemlich viel schrieb – ich denke, ich weiß, was er gemeint hat. Nie wird ein Schriftsteller die absolute Freiheit des uneigennützigen Lesers kennen, der nur Leser ist. Dieses *nur* ist hier nicht pejorativ gemeint, im Gegenteil. Der Leser, der ausschließlich um des Lesens willen liest, ist der einzige wahre Leser. Schriftsteller lesen raubgierig, sie können es dabei im Grunde nicht lassen, ans Schreiben zu denken. Manche Schriftsteller lesen wie Werkspione, andere wie eifersüchtige Liebhaber, aber wie auch immer – sie sind verdorbene Leser, meilenweit entfernt von jener platonischen Lichtgestalt, dem geträumten idealen Leser, der natürlichen und einzigartigen lebenden Fortsetzung jedes Buches, demjenigen, der das Buch stets von neuem schreibt, ohne den Schriftsteller etwas zu fragen, der seine Wörter bereits abgeliefert hat.

Lesen, das Wort hat in meiner merkwürdigen nördlichen und größtenteils geheimen Sprache von jeher eine Doppelbedeutung. Etymologisch gesehen kommt es aus dem Mittelniederländischen, einer Mutterform meiner Sprache, die im Mittelalter gesprochen und geschrieben wurde: *lesan*, im Altsächsischen *lesan*, im Althochdeutschen ebenfalls *lesan*, im Altfriesischen *lesa* und im Altnordischen *lesa*. Im Gotischen bedeutet *lisan* einsammeln, zusammentragen, doch in meiner Sprache ist dieses *zamelen* zu einem Wort geworden, das kaum mehr benützt wird. Wir kennen es noch in der Bedeutung *ver-zamelen*, sammeln, und in diesem Sinne ist es nur ein kurzer Sprung zum litauischen *lesù, lesti*: mit dem Schnabel aufpicken. So mancher Leser wird sich darin wiedererkennen. Dabei geht es um Wählerischsein, eine Eigenschaft, die jeder gute Leser haben muß, und sei es nur deswegen, weil das Wort auf Wahl und damit auf Freiheit verweist.

Der Leser wählt, und es tut mir leid, wenn ich es jetzt kompliziert mache, indem ich Ihnen auch noch die Rückseite und Unterseite meiner Geheimsprache zeige, doch »der Leser *wählt*« ist in dieser Sprache eine Tautologie, weil Lesen ursprünglich auch Auswählen bedeuten konnte, wenngleich dies nicht unbedingt mit dem Schnabel geschehen mußte. In meiner Sprache könnte »der Leser liest« auch »der Leser wählt« oder »wählt aus« bedeuten, da die ursprüngliche Bedeutung von Lesen mit Einsammeln, Zusammentragen angegeben wird, des weiteren aber auch mit Auswählen, Zusammenfalten, Lesen, Aufsagen, Unterrichten, Erzählen, Studieren. Im Altsächsischen kommt noch die Bedeutung »aufheben« hinzu, und in einigen anderen dieser mythischen altgermanischen Sprachen, von denen Jorge Luis Borges so fasziniert war, bedeutet es auch noch Berichten, Erzählen, Vorlesen. Kurz und gut, in meiner Sprache konnte man früher nicht nur Bücher oder Briefe, Testamente oder Urteile lesen, sondern auch Früchte oder Getreideähren, und das dann wieder, um das Gute vom Schlechten, die Spreu vom Weizen zu trennen, auch dies eine Wahl, die Freiheit impliziert. Gelehrte Stimmen berichten mir, daß diese Bedeutung des Einsammelns, Aufhebens, die ins Lesen übergeht, auch im griechischen *legein* und dem lateinischen *legere* enthalten ist und somit, nehme ich an, auch in *leggere*, womit Sie dann schon wieder in heimatlichen Gefilden sind, doch mich interessiert vor allem das Aufheben. Man hebt das eine auf und das andere nicht, was wiederum heißt: man wählt. Tacitus spricht in *Germania* über das Aufheben im Sinne von Lesen, wenn er das Weissagen mit Runenstäbchen erwähnt, wobei die auf diese geheimnisvolle Weise auf den ausgewählten Stäbchen vorhandenen Runenzeichen gelesen und erklärt wurden.

Der Leser liest, der Leser wählt aus. Der Leser greift zu dem einen Buch in der Buchhandlung oder der Bibliothek und nicht zu dem anderen. Der Leser ist frei.

»Aber so einfach ist es nicht«, sagte das L.

Es war am frühen Abend wiedergekommen, diesmal elegant in Bodoni gekleidet. Ausgeschlafen war es, es habe, so sagte es, eine wunderbare Nacht im Alten Testament verbracht, sei dadurch freilich auf trübe Gedanken gebracht worden.

»Aber warum?« fragte ich, »das ist doch ein großartiges Buch voller unglaublicher Geschichten!«

»Ja, schon, aber du sprichst von der Freiheit des Lesers. Es gibt, wenn wir die beängstigende Mehrheit der Nicht-Leser mal eben außer acht lassen wollen, zwei Arten von Lesern auf dieser Welt. Die Leser vieler Bücher und die Leser des einen Buches. Das Judentum, das Christentum und der Islam beruhen alle drei auf einem einzigen Buch. Eine Kultur, die auf einem Buch beruht, ist natürlich etwas Großartiges. Wenn dieses Buch allerdings andere Bücher ausschließt, wenn aufgrund dieses einen Buches Menschen, die andere Bücher lesen oder schreiben, verbrannt werden, wie früher bei uns, oder getötet oder mit dem Tode bedroht werden, wie im Augenblick, dann ist es um die Freiheit traurig bestellt. Obwohl es nicht so zu sein bräuchte.«

Sein Blick bekam etwas Trauriges.

»Einst, in einem früheren Spanien, unter aufgeklärten Königen, Emiren, Kalifen, haben die drei Völker des einen Buchs in Formen der Trennung und Einheit zusammengelebt, die die Welt so nie mehr erleben sollte. Doch durch die Bücher aus dem klassischen Altertum, die von arabischen Gelehrten übersetzt wurden, sollte ein Schatz zusammengetragen werden, durch den die Renaissance und später die Aufklärung den Aufschwung nehmen sollten, in dessen Folge sich die westliche Zivilisation von diesem einen Buch abwenden und nach gewaltigen Konflikten von einer Civitas Dei zu einer Civitas terrena werden sollte, wie Augustinus es ausdrückte. Die westliche Welt ist eine säkulare Welt, auch wenn sich der Präsident der Vereinigten Staaten auf Gott beruft und der Papst noch immer in Rom lebt. Und vielleicht bin ich zu düster oder zu einfältig, auch das ist möglich, aber manchmal hat es den Anschein, als sei der sichtbare unsichtbare Krieg, der gerade geführt wird, auch ein Krieg zwischen Lesern, den Lesern der vielen Bücher gegen die Leser des einen Buchs, das kein anderes Buch neben sich duldet.«

Das L hielt kurz inne und fragte dann: »Wofür hast du dich nun entschieden?«

»Fürs Lesen«, sagte ich wahrheitsgemäß.

Das L nickte zufrieden.

»Es ist ein Kreis«, sagte es. »Lesen ist Wählen, aber um wählen zu können, muß man lesen.«

Einen Augenblick lang starrte es vor sich hin und sagte dann unerwartet: »Wenn du nur wüßtest, was für ein schöner Buchstabe ich im Arabischen bin. Wie man mich da kalligraphisch schreibt, ist mir nicht einmal im schönsten Benediktiner-Skriptorium je passiert. Und ich komme zweimal im Namen ihres Gottes vor, du kannst dir also wohl denken …«, und dann, übergangslos: »Was wir jetzt bräuchten, wäre ein Erasmus. Er hatte eine Bibliothek von lediglich 500 Büchern, aber darin war die gesamte Weisheit der Kultur der Antike versammelt. Versammeln, erlesen, da hast du's wieder. Eine erlesene Bibliothek. 1518, als von Rom aus ein neuer Kreuzzug gegen die Türken, lies: den Islam, vorbereitet wurde, schrieb Erasmus in einem Brief an Paul Volz, den Abt des Benediktinerklosters Hügshofen, der später übrigens zum Protestantismus übertrat, man müßte den Türken die Werke Ockhams und Duns Scotus' zu lesen geben, damit sie wüßten, worum es bei uns geht. Das Volk des einen EINEN Buchs zog in den Kampf gegen das Volk des anderen EINEN Buchs. Und was immer Erasmus' Absicht gewesen sein mag, er glaubte auf jeden Fall, es wäre gut, die Bücher – Mehrzahl! – des anderen zu lesen ...«

Das L erhob sich.

»Es sieht so aus, als habe sich in den letzten fünfhundert Jahren gar nicht mal so viel verändert«, sagte es, »aber ich muß jetzt gehen, man braucht mich überall. Manchmal wäre ich gern ein X.«

An der Tür drehte es sich noch einmal um.

»Bestell meine Grüße in Florenz«, sagte es, »wenn du mich in meiner schönsten Form sehen willst, als ich noch jung war, dann mußt du dort schauen.«

Und es verschwand auf dem Gartenweg. Als es dachte, aus meinem Blickfeld zu sein, sah ich, wie es sich rasch ein Windows 2000 kursiv überzog und zu rennen begann, als begebe es sich auf einen Marathonlauf.

Rüdiger Görner

Drei erste Lesezeichen

I

Was immer er schrieb, dachte er sich als von Blinden gelesen. Denn zu seinen prägenden Kindheitseindrücken gehörte ein Besuch in einer Blindenschule. Dort hatte er wie auch bei späteren Gelegenheiten die Gesichter der Blinden beobachtet, wenn ihre Finger tastend lasen. Die Gesichtszüge vieler schienen dabei zu spielen, Lippen zu zucken, wobei die toten Augen geradeaus ins Leere, Unbestimmte gerichtet blieben.

Aber waren diese Augen wirklich tot? Manche schienen in den Augenhöhlen zu rollen, manche knapp davor, aus ihnen zu kullern; andere blieben wie fixiert, stillgestellt, matt, ausdruckslos, wie Murmeln, die nur darauf warteten, dass man mit ihnen spiele; wieder andere hatte eine schlierige Schicht überzogen, so meinte er. Obgleich ihm doch etwas unheimlich war, diese Blindenschüler zu beobachten, gruselig war das Wort, auch wenn er selbst es auszusprechen sich verbot, blieb er mit vielen Mitschülern sehenden Auges wie gebannt, ja, er ertappte sich dabei, ebenso starr die leblos wirkenden Augen der Blindenschüler zu fixieren, wie diese offenbar waren, auch wenn sie leicht oder wie im Krampf rollten.

Aber es waren die Finger, ihr tastendes Lesen, die ihn von den blickleeren Augen ablenkten. Die Oberschwester mit weitem weißem Kragen und ausladender Haube, die offenbar diese Blindenschule leitete, hatte ihm und seinen Kameraden erklärt, was Punktschrift ist: Punkte in verschiedener Zahl und

Anordnung für jeden Buchstaben; und diese gelehrigen Finger konnten auf diese Weise buchstabieren.
Nach diesem ersten und zwei weiteren Besuchen, die seine Lehrerin für die dritte Grundschulklasse organisiert hatte, kam es vor, dass er mit seinem Zeigefinger auch dem gedruckten Schriftbild in seinen Büchern nachfuhr, wobei seine Fingerkuppe auf hervorgehobene Punkte, die seine Lehrerin »erhaben« und »fühlbar« nannte, hoffte. Ja, die Finger kamen ihm wie selbständig vor, wie im Wettstreit mit seinen Augen. Sie läsen anders, meinte er; nur wie anders, konnte er nicht sagen.
Er bewunderte die Hände der Blinden, und zuweilen wandte er seine Hände um, betrachtete ihre Innenseite und mit ihr die Fingerkuppen. Im Vergleich mit den sehenden Fingern kamen ihm seine kümmerlich vor, ungebildet.
Irgendwann schnappte er den Satz auf: Man liest, bis man versteht. In seiner Schwarzwälder Dorfschule favorisierte man eine Lernmethode, die andernorts als verschroben galt. Aber seine Lehrerin, jung, fahrig, die etwas knochig, kantig, eben mager aussah, aber nicht knöchern schien, schon gar nicht hölzern, eher elastisch in ihren Bewegungen, verlangte das Beschreiben einzelner Buchstaben. So wurde im Unterricht das kleine T ein ›umgekehrter Hakenstecken mit Krawättchen‹, das S war eine sich aufbäumende Schlange, das V glich zwei Schenkeln und das W war ein Doppelspitztal, das P ein Stamm mit umgebogenem Ast. Damit glichen diese Buchstaben der anderen Blindenschrift, die seine Lehrerin ihnen ausführlich erklärte, die Reliefschrift, die dem Moon-Alphabet folgte. Er glaubte, dass diese Blindenschrift etwas mit dem Mond zu tun haben müsse; denn so viel Englisch kannte jeder. Vielleicht verhielt es sich ja auch so, dass die Blinden bei Mondlicht doch etwas sehen, dachte er, etwas Milchiges, so wie an

Taubheit Leidende oft eine Art Geräuschnebel in sich rauschen hören, wie er von seiner Mutter erfahren hatte. Sie musste es wissen, da sie in Gehördingen kundig war. Sein Vater wiederum kannte sich mit dem Morsealphabet aus. Kam er mit dem Auto nach Hause, hupte er der Mutter vor der Einfahrt in die Garage ein Erkennungszeichen nach dem Morsecode: kurz, kurz, (Pause) kurz, lang, lang, kurz. Seine ganze Kindheit über hatte er sich gefragt, was das wohl bedeute. Etwas Liebes, hatte seine Mutter einmal wie nebenbei gesagt, als sie bemerkte, wie er diesem Signal nachlauschte. Das würden Blinde bestimmt auch verstehen; denn ihre Punktschrift, das waren doch auch kleine gestanzte Signale für gelehrige Finger.
Vermutlich war es auch so, befand der Kleine, dass deren Fingerkuppen dann auch die Klaviertasten lesen konnten und die Saiten der Geige. Was verdankten wir nicht alles den Fingerkuppen, dachte er oft. Und dem Fingerabdruck erst, der seinerseits gelesen sein wollte, seine Linien, die verlässlich nur die seinen waren. Jetzt, da er dies schreibt, entsperrt die Fingerkuppe sogar sein digitales Schreibgerät, bevor die zehn Fingerkuppen über die Tastatur huschen und Wörter fabrizieren, über das Lesen, über die Erinnerung an die Blindenschule in Heiligenbronn, an die damals so junge, so fahrige Lehrerin, die jetzt womöglich in einem Altersheim gepflegt wird, und die Oberschwester mit ihrer weißen Haube, die flügelgleich wirkte und sie jederzeit fortzutragen schien. Und wie wäre es bestellt um die damalige Schülerschaft der Blindenklasse?
Er wusste nicht mehr, seit wann er das Wort ›ich‹, wenn er mit der Hand schrieb, nur noch in Punktschrift wiedergab.

II

Morgen, Kleiner, sagte die Tante, beginnt hier die Weinlese. Er hatte bis dahin dieses Wort noch nie gehört, denn wo er herkam, gab es zwar Heidelbeeren und Sauerampfer in Mengen, aber keine Trauben. Frühmorgens schon sei der ganze Ort auf den Beinen, meinte sie mit leicht erregter Stimme. Vielleicht gebe es sogar schon den ersten Raureif des Jahres, der sich dann über die Weinberge lege wie ein feines glitzerndes Tuch. Sie hörte diesem Wortbild nach, und der Kleine wunderte sich, dass sie plötzlich so versonnen wirkte.

Was es mit diesem Lesen so alles auf sich hatte, dachte der Kleine, der hier bei entfernten Verwandten zu Besuch war. Aschenputtel, das wusste er, hatte auch ganz anders lesen müssen als er, nämlich Erbsen, aber das hieß dann: *ver*lesen.

Lesen war also nicht gleich lesen und schon gar nicht Lese, wie er tags darauf erfahren sollte. Schon bei Sonnenaufgang hatten sich die Weinbauern des Ortes mit ihren Familien zu ihren Weinbergen aufgemacht. Er ließ den Raureif, der sich tatsächlich auf geheimnisvolle Weise über Nacht gebildet hatte, glitzern. Da standen am Fuß steiler Hänge schon zahllose Bottiche, in die erste Weinleser ihre Tragekübel leerten. Mit einer Rebenschere waren sie zugange, Weinstock um Weinstock prüfend auf Reife der Trauben, wie man dem Kleinen jetzt eher wortkarg erklärte. Sie lasen also die Reben, lasen in ihnen; vielleicht lasen sie ja auch in den Mustern des bunten Weinlaubs. Wahrscheinlich verbargen sich darin Geschichten, so wollte es dem Kleinen vorkommen.

Er fand, im Weinlaub lasse sich wirklich lesen wie in einem Bilderbuch. Denn er erkannte darin Gesichter, blätterte im

Laub weiter; da fanden sich ihm unbekannte Figuren in allen Schattierungen von Rot und Gelb gemalt.
Wieder zu Hause, erzählte er von der Weinlese, wie es die Tante ihm erklärt hatte. Seine Mutter schlug ihm vor, aufzuschreiben, was er da erlebt hatte. So wurden aus der Weinlese Buchstaben, seine Wörter, krakelig geschrieben zwar, aber ihrerseits doch wieder und wieder lesbar. Auf diese Weise hörte die Weinlese nicht auf.

III

Mutters Herkunft aus der Nibelungenstadt bewirkte, dass ich mit dem *Nibelungenlied* aufwuchs, nicht lesend zunächst, sondern singend, in höchsten Tönen trällernd, und zwar Mutters Paarreimen entlang, in die sie die Episoden dieses Epos, die ihr am wichtigsten erschienen, leicht fasslich aufbereitet und mit einer Melodie versehen hatte, die sie mir vorsang, bis ich in sie einzustimmen lernte, auf meinem Schaukelpferd reitend und dabei mir und mich als Siegfried vorstellend. So lernte ich singend lesen. Und träumen; denn als ich später ihre Paarreime lesen konnte, blieb ich oft an dem einen oder anderen hängen, las ihn wieder und wieder und geriet dabei ins Träumen, träumte ihn weiter. Die Vorstellung vom hinterrücks von Hagen beim Trinken an einer Odenwaldquelle erdolchten Siegfried verursachte mir Fieberträume; jene von der »sanft-herben« Kriemhild sandte mich in Träume, in denen ich mich in ihr langes, wie der Rhein wellendes Haar kuschelte, das dann jenem von Rapunzel glich. Aber das Verspaar: ›Jung Siegfried ritt von seines Vaters Burg herab,/Granes Hufe zertraten ihm den Wanderstab‹ hatten es mir angetan; denn der Wanderstab musste ja dann durch Schwert Baldung ersetzt werden.

Alle Dinge hatten einen Namen, wurden so mir zu etwas Menschlichem. Stab reimte sich auf Grab und Baldung auf Nahrung, so war das mit den Reimen: sie verbanden. Wenn aber Grane ihm den Wanderstab nicht zertreten und womöglich gescheut hätte, weil sie, die Stute, ihn, den Stab, für eine Schlange gehalten und Siegfried abgeworfen hätte, dann hätte Siegfried kein Schwert gebraucht und wäre an der Odenwaldquelle nicht zu Tode gekommen, so reimte ich mir ein paar Jahre später eine Gegengeschichte zusammen, als ich längst auf Schreiben und Lesen angewiesen und über das Schaukelpferdalter hinausgewachsen war, obwohl ich mich doch immer wieder einmal, ganz verstohlen, darauf setzte, bis unter meiner Last dann die beiden Hinterbeine Granes brachen. Ähnlich erging es mir dann mit dem Dreirad, als ich schon dabei war, die Zeichen der Zeit lesen zu lernen.

Ernst Penzoldt

Die Reise ins Bücherland

Es war einmal ein kleiner Junge, so ungefähr wie du, der hieß Büx, hatte rote Hosen an und konnte weder lesen noch schreiben. Eines Tages kam er in das Zimmer seines Vaters, um ihn etwas zu fragen, nämlich warum die Fenster in den Häusern der Menschen viereckig seien, wo doch die Sonne, der Mond und die Augen rund wären. Denn das wollte ihm nicht in den Kopf.

Aber der Vater gab ihm keine Antwort. Er saß in seinem Lehnstuhl und schaute auf ein Ding in seinen Händen, das auch viereckig und auf beiden Seiten mit Läden oder Türen versehen war, die man auf- und zumachen konnte. Dazwischen war Blatt für Blatt viel schönes weißes Papier und darauf viele Reihen winziger Figürchen, fast wie Kolonnen marschierender Soldaten anzusehen. Sie gingen hintereinander zu zweit, zu fünft und mehr, in kleinen Trupps, und manchmal war vorn ein Offizier. Der Vater schien großen Gefallen an den Figuren zu haben; denn zuweilen lachte er vor sich hin. Dann aber schaute er ernst drein, nickte mit dem Kopf oder wurde traurig und mußte sich schneuzen.

Büx trat leise herzu und schaute auch eine gute Weile hinein. Aber er mußte dabei weder lachen noch weinen.

»Was tust du?« fragte Büx endlich und legte seine kleine Hand auf die große Hand des Vaters, um ihn freundlich zu stimmen.

»Ich lese ein Buch«, sagte der Vater.

»Was ist ein Buch?« fragte nun sein kleiner Sohn. Da mußte der Vater lachen.

»Ja, Büxlein«, sagte er, »was ist ein Buch!« Und er nahm ihn bei der Hand und führte ihn vor ein Gestell, da standen sehr viele solcher Bücher. »Die Menschen«, sagte der Vater, »haben sich die kleinen Zeichen oder Bilderchen ausgedacht, um damit alles Schöne und Gute aufzuzeichnen, was sie erlebt, gesehen und gedacht haben, damit es nicht vergessen wird. Denn das wäre doch jammerschade. Und wenn du mal lesen gelernt hast, dann brauchst du bloß die Tür des Buches aufzumachen, und es sagt dir alles, was es weiß, so etwa, wie wenn ich dir eine Geschichte erzähle.«

»Wie hübsch«, sagte Büx. »Bist du denn auch ein Buch?«

»Ja, aber ein zweibeiniges«, sagte der Vater. Und dann sprach er davon, daß ja bald Weihnachten sei! Mehr sagte er nicht.

Als Büx abends zu Bett ging, mußte er immerzu an die Bücher und Weihnachten denken. »Gute Nacht, schlaf gut«, sagte er zu seinem Hündchen. Das schlief bereits und knurrte im Traum.

Mitten in der Nacht spürte Büx plötzlich, daß ihn fröstelte. Es zerrte immer an seiner Bettdecke. Da wischte er sich den Schlaf aus den Augen, setzte sich auf und guckte. Der Mond schien, und so konnte er ganz deutlich sehen, daß ein Buch in seinem Bett stand. Es stand aufrecht auf seinen Ecken, ein wenig vorgebeugt und hatte den Zipfel der Bettdecke sehr geschickt gepackt und zerrte daran. Davon war Büx aufgewacht.

»Nanu, was soll denn das«, rief er.

»Komm, sei lieb«, sagte das Buch, »steh auf, wasch dich und zieh dich an.«

Büx folgte, und als er fertig war, schlug sich das Buch auf und bat ihn höflich, darauf Platz zu nehmen.

»Aber mein Hündlein muß auch mit«, sagte Büx.

»Ich bitte darum«, antwortete das Buch.

»Flieg, Büchlein, flieg«, jauchzte Büx. Da flog es auf, flügelschlagend wie ein großer Schmetterling, zum Fenster hinaus in die weite Welt, zu den Wolken, zu den Sternen empor, ließ den Mond links liegen und flog und flog. Das Hündlein bellte und schnappte nach den Sternen im Vorbeifliegen. »Und wohin soll die Reise gehen?« fragte Büx. »Ins Bücherland«, rief ihm der Mond nach. Da waren sie schon am Ziel.

Sie landeten sanft auf einer Waldwiese. Die Reisenden stiegen aus, und Büx klappte das Buch zu und nahm es unter den Arm. So zogen sie ins Bücherland. Das war nun freilich eine merkwürdige Gegend. Alles war aus Büchern. Die Berge, die Tannen, sogar die Blumen waren kleine Büchlein aus rotem Saffian, nicht größer als die Taschenkalenderchen. Wenn man daran roch, dann wußte man gleich eine schöne Geschichte. Auch die Vögel waren Bücher und sangen in Versen von Frühling und Liebe. Das gefiel dem Büx gar wohl. Sein Hündlein wollte auch singen. Aber es wurde immer nur der gleiche Reim: Wau! Wau!

Als sie durch den großen dunklen Bücherwald gegangen waren, kamen sie auf einen Berg, und zu ihren Füßen lag friedlich die Hauptstadt der Poesie. Mauern und Tore, Häuser und Kirchen, alles war aus Büchern gebaut. Die roten Rücken der Dächer waren gar lustig anzusehen. Erst mußten sie noch über die Papierflut, und dann spazierten sie frohgemut durch das Stadttor.

Nein, so etwas hatte Büx noch nicht gesehen. Die Bücherstadt war vom Volk der Buchstaben bewohnt. Sie sahen ganz ähnlich aus wie wirkliche Menschen. Sie redeten auch verschiedene Sprachen, buchstäblich. Besonders auf dem Büchermarkt herrschte geschäftiges Leben. Und wenn sich die rechten Leute zusammenfanden, dann ergab es jedesmal ein hübsches Wort: ›Friede‹ oder ›Schönheit‹ oder ›Heimat‹.

Es war aber so viel zu sehen, daß Büx alsbald rechtschaffen hungrig und müde wurde. Er aß gebackenen Zwiebelfisch und Papierschnitzel. Zum Nachtisch nahm er einige Lesefrüchte. Dann legte er sich auf den West-östlichen Divan, wobei er das treue Buch als Kopfkissen benutzte, und schlief ganz köstlich.
Am andern Tag machten sie eine Segelpartie auf der Papierflut. Es war so schön, daß sie gar nicht merkten, wie lange sie schon unterwegs waren.
Immer einsamer wurde die Gegend, und schließlich begann es tüchtig zu schneien. Büx wußte nicht, wo sie sich befanden. Er ging an Land und wanderte aufs Geratewohl dahin.
O Schreck, was kam ihm da entgegen? Der Bücherwurm, und er wollte ihn und das Hündlein verschlingen. Da wußte sich Büx keinen anderen Rat, als das Buch dem Ungeheuer in den Rachen zu werfen. Das war seine Rettung. Das Untier ließ von ihm ab.
Nun hatte Büx kein Buch mehr! Weit und breit war nur Öde und Flachheit, wohin er blickte. Da mußte er weinen. Die Tränen flossen, und Büx und das Hündlein trotteten traurig hinterdrein. »Ich will heim«, sagte Büx.
Da begegnete ihm der Druckfehlerteufel, der gerade kegelte und sehr vergnügt war, wenn er alles durcheinanderwerfen konnte. Dem erzählte Büx sein Mißgeschick mit dem Buch. »Schlimm, schlimm«, sagte grinsend der Teufel, »da sieh nur zu, daß du es wiederkriegst.«
Büx wanderte weiter. Auf einem Berge stand eine alte Buchruine, von wo man weit ins Land schauen konnte. Da sah Büx von ferne sein Elternhaus, und er lief darauf zu, ohne sich umzusehen. »Da lege ich mich geschwind ins Bett«, dachte er bei sich, »und wache auf, dann ist alles wieder gut.«
Als er daheim in die Stube trat, da brannte der Christbaum,

und darunter lag unversehrt das verlorene Buch. Darinnen stand getreulich geschrieben und abgebildet, was Büx und sein Hündlein auf ihrer Reise ins Bücherland erlebt hatten. Und damit fängt die Geschichte wieder von vorne an.

Theresa Prammer

Heidi, der Käse und ich

Ich weiß nicht, wie es Ihnen geht, aber wenn ich an meine Kindheit denke, fallen mir sofort drei Dinge ein:
– meine Puppe Dozzy (man steckte ihr kleine Kassetten in den Rücken, die sie über einen leuchtenden Lautsprecher im Mund abspielte).
– wie ich einmal das Christkind durch das Schlüsselloch in der Wohnzimmertür beim Ablegen der Geschenke unter dem Weihnachtsbaum beobachtet habe (es war wirklich da! WIRKLICH! Mit Heiligenschein, weißem Nachthemd und allem).
– und meine übergroße Liebe zu Büchern.
Einer der schönsten Orte war für mich die öffentliche Bibliothek.
Einmal im Monat durften mein Bruder und ich alles ausborgen, was wir wollten. Während meine Mutter vor dem Regal mit Diätratgebern stand – unsere Familie war quasi immer auf Diät –, lud ich mir die erlaubte Maximalanzahl an Büchern auf und schleppte sie nach Hause.
Die Omama im Apfelbaum. Momo. Die Kinder aus Bullerbü. Alle Bücher von Christine Nöstlinger und Erich Kästner.
Ich muss ungefähr acht Jahre gewesen sein, da ist es bei einer Bilderbuchausgabe von *Heidi* (für die ich eigentlich schon zu alt war, aber ich war immer vorurteilsfrei, was Altersvorgaben anging) zum ersten Mal passiert.
In einer Szene, als sie zu ihrem Großvater kam, gab er ihr einen Becher Milch und Käse. Also bin ich in die Küche geflitzt, hab mir ein Glas Milch geholt und drei dicke Scheiben Geheimratskäse, der immer für meinen Vater vorrätig im Kühl-

schrank war. Mit Heidi gemeinsam zu essen hat sich angefühlt, als wäre ich Teil der Geschichte.
Das fand ich wunderbar und habe daraufhin meine Lektüre auf den kulinarischen Anteil ausgesucht.
In *Pippi Langstrumpf* gab es häufig Pfefferminzbonbons, die ich nicht ausstehen konnte. Sie brannten im Mund und erinnerten an Halsweh. Aber Pfefferminz musste es sein, darum schmuggelte ich im Supermarkt After Eight in den Einkaufswagen.
Für meine Begriffe war das ein echter Liebesbeweis an Pippi. After Eight galt damals für mich nicht als Süßigkeit. Mit der Bitterschokolade und der Pfefferminzcreme gehörten sie in die Kategorie »Gesund«, gleichgestellt mit Äpfeln und Karotten.
Erich Kästners Bücher stellten mich vor die einfachste Aufgabe, denn dort aß immer irgendwer Kekse. Meine erste Wahl waren Chokinis. Da es die aber selten bei uns zu Hause gab, weil wir wieder mal auf Diät waren, nahm ich schweren Herzens Biskotten als Ersatz.
In *Die kleine Hexe* von Otfried Preußler bereitete die kleine Hexe Pfannkuchen zu. Da meine Mutter im Büro war, bat ich meinen drei Jahre älteren Bruder um Hilfe. Wir riefen Mama an, sie gab uns zwischen Ablage und Auftragsbestätigung das Rezept für Palatschinken. Ich weiß nicht mehr, warum, aber mein Bruder und ich mixten Eier mit Zucker und Milch ohne Mehl. Entweder war keines da, oder einer von uns hatte es vergessen. Das Ergebnis war eine dramatisch süße Eierspeise, da wir immer mehr Staubzucker in den Teig gestreut hatten, damit er eine festere Konsistenz bekommt.
Dann lieh ich *Konrad oder Das Kind aus der Konservenbüchse* aus. Noch nie war ich so verliebt in zwei Figuren, wie in Frau Bartolotti und in Konrad.

Und erst Frau Bartolottis kulinarische Ausrichtung! Schon in einem der ersten Kapitel bereitete sie sich eine Scheibe Hefezopf mit Butter, belegt mit einer Ölsardine in der Dose zu. Unzählige Male habe ich mit ihr und Konrad in meinem Zimmer gesessen und eine Scheibe Hefezopf (den es immer gab, da mein dünner Vater, von der Diät ausgeschlossen, ihn zum Frühstück aß) mit Butter und Ölsardine gegessen. Ich habe mir das Buch zu Weihnachten gewünscht, damit ich es immer lesen konnte, wann ich wollte. Es steht noch heute in meinem Bücherschrank, zerfleddert und zerliebt.
Ach, Frau Bartolotti! Ich glaube, es wird mal wieder Zeit für ein Wiederlesen.
Darum entschuldigen Sie mich bitte, ich muss rasch einkaufen gehen. Hefezopf, Butter und ein paar Dosen Ölsardinen.

Eva Demski

Zwiefache Speise

Nannte es damals irgendein besserwisserisches Familienmitglied ein »geschmackloses Buch«? Ich konnte das Wort nicht verstehen, verband sich doch mit ebendiesem Buch der Geschmack nach amerikanischem Vanilleeiscremepulver. Das war ein wunderbarer gelber Staub, Grundstoff zu einem imaginären, weil eben amerikanischen Eis. So weit ließen wir es in unserem Land nicht kommen. Ich jedenfalls aß es immer schon vor seiner Verwandlung auf und machte, während ich las und langsam aus einer braunen Tüte ohne Aufschrift löffelte, einen sanften, paradiesisch schmeckenden Schaum im Mund. Das Buch dazu hieß *Der kleine Lord.* Ohne das Eiscremepulver wüßte ich nichts mehr davon, die darin genüßlich ausgebreiteten Beschreibungen der Schönheiten des Feudalismus und der süßwürzige Schaum im Mund verbanden sich untrennbar. Bei dieser ersten Erfahrung mit der Buchstäblichkeit des Begriffs »verschlingen« war ich ganz allein. Ich blieb es nicht: Meine Busenfreundin Christa gestand mir voll Entzücken die Verbindung von Pflaumenmusbroten, Milch und *Pucki im Försterhaus.* Was werdet ihr fett! sagte erbarmungslos ihr älterer Bruder Peter. Dabei lasen wir nur viel. Manche Bücher ließen uns darben. Die etwas ahnungslose Empfehlung meines Vaters, endlich mal was Anständiges, etwa Schiller, anstatt der nicht enden wollenden *Fünf Freunde* zu lesen, führte zu langen Nachmittagen auf der Mülltonne, *Kabale und Liebe* (was ich sofort entschieden spannender als die *Fünf Freunde* fand, wäre nur der Autor etwas weniger umständlich vorgegangen) und dem langsamen, nachdenklichen Genuß von

Kläräpfeln, was der Figur nicht so abträglich (es müßte hier eigentlich zuträglich heißen) war wie Joseph Conrad, der zu Speckbroten mit Senf führte. Essen und Lesen zusammen lehnten merkwürdigerweise nur jene Leute ab, die sowieso Schutzhüllen um die Bücher taten. Die gleichen Leute benutzen auch eine Art Kofferpariser, man sieht das oft auf Bahnhöfen.

Diese Menschen behaupten also, daß man beim Lesen nicht essen soll und beim Essen nicht lesen. Ein fundamentaler Irrtum, in die Welt gesetzt von Pietisten, die den Lüsten mißtrauen und gar der Verbindung zweier Urlüste, die gemeinsam zur fast allergrößten Lust werden. Natürlich ist nicht pausen- und hemmungsloses Hineinstopfen gemeint – höchstens als Ausnahme, wenn der Text die Völlerei erzwingt. Vieles will überlegt sein, manches ergibt sich von allein, und wie arm ist der dran, der nachts an eine Rabelais-Stelle kommt und nur noch Tütensuppe und Diätcola im Hause hat. Mein Freund F. ist deswegen mehr als einmal in die düsteren Bahnhofsgegenden gefahren, wo die Garküchen noch geöffnet haben und Öldunst, Curryduft und Fleischkrustengeruch die lebensnotwendige Ergänzung zu einem Text von Grass oder García Marquez bildeten. Während ihm da das Fett über die Backen lief, erzählte er mir, habe er schon ungeduldig auf den Moment geharrt, wo er – gesättigt und in aller Ruhe – die Beschreibung des Frühstücks in Wolfes (ich meine den *wirklichen* Thomas Wolfe) *Schau heimwärts, Engel* noch einmal lesen würde. Aber nicht nur das beschriebene Essen will die Ergänzung im Leserleben – auch Texte, in denen es um ganz anderes geht, verlangen die orale Begleitung, den Trost oder die Unterstreichung.

Und das Flüssige – im Text und im Leben? Als ich sechzehn war, betrat ich zum erstenmal jenes moderwinklige Rattenhäuschen des VauO Stomps seligen Andenkens, Sanssouris in Stierstadt. Ich war sechzehn, und ich war ein Mädchen, beides interessierte den Urliteraten gar nicht, leider. Ich bestach mit Schnaps (wenn du schon was mitbringst, das nächste Mal Wodka) und wurde fürderhin gelegentlich geduldet. Betäubt sah ich die grünbraunweißen Flaschenwälder, die zum Lesen und zum Schreiben gehörten, sie tranken, wenn sie einander vorlasen, sie tranken, wenn sie lasen, sie tranken, während sie Büroklammern und Brotscheiben in eine neue Druckerpresse legten, um zu sehen, was die denn damit drucke. Sie druckte daraufhin gar nichts mehr, und daß der Schnaps zum Lesen gehörte, wollte ich wohl glauben, gewöhnte mir diesen Glauben aber früh wieder ab. Stomps gewöhnte sich ihn später ab und starb. Das spricht nicht gegen den Schnaps an sich und seine Verbindung zur Literatur, wenn auch eher die Produzierenden als die Konsumierenden mit ihm befreundet sind. Denn der Schnaps ist ein großer Beweis dafür, daß Lesen entschieden schwerer ist als Schreiben. Schreiben kann man mit Schnaps viel, lange und gelegentlich sehr gut. Lesen geht gar nicht, da sind sanftere Getränke angebracht, je nach Lektüre sehr verschiedene. Zu Dostojewskij etwa ein temperierter schwerer Burgunder und zu Flaubert schwarzer Tee mit Kirschkonfitüre. Sie meinen, umgekehrt? Eben nicht, eben nicht! Aber es ist natürlich jedem überlassen, ganz frei werden da die merkwürdigsten Verbindungen geknüpft und bleiben über Jahre im Gedächtnis. Für ewig bei den *Buddenbrooks* an Schwarzbrot mit falschem Lachs drauf denken, einer studentisch-einsamen Nachahmung der lübischen Gastmähler. Emma Bovary und kalte Wiener Würstchen mit Zitronenlimonade. Nein, es braucht niemandem schlecht zu werden. Es ist auch kein sich mit dem Älterwerden erschöpfendes Problem, wie gern behauptet wird. Essen und Lesen sind Schutzburgen, Fluchtschiffe, Mauern gegen den Lärm, Bastionen gegen das Fortschreiten der Häßlichkeit. Die braucht man als Erwachsener noch verzweifelter, es läßt sich aber nicht so leicht zugeben. Und was tun eigentlich die Männer, diese Armen, denen es nicht zugestanden wird, sich mit dem Ransmayr und einem Kasten Mozartkugeln für einen Nachmittag lang auf den Weg aus der Wirklichkeit zu machen? »Ich lese nur den *Spiegel* und Fachliteratur«, sagen die armen Männer. Was essen sie dazu? Ihr gräßliches Mittagessen bei der Bank oder beim Funk oder im Flieger? Davon sei hier nicht die Rede. Nicht die Trostlosigkeit des Zeitgewinns ist gemeint, sondern die Erhöhung und Vervollkommnung des Genusses. Soll doch jemand schreiben, was sich empfiehlt, gelesen und gegessen zu werden. Fassen wir uns in Geduld, bis wir in Franz Hohlers Schüsseln schauen dürfen, aber seien wir gewiß, daß das Lesen und das Essen zu den Notwendigkeiten gehören, die durch Verfeinerung erst erträglich werden.

Ich höre schon die ganze Zeit das anschwellende Grollen der ernsten Bibliophilen beim Gedanken an Schokoladenfinger auf ihrer Ponge-Erstausgabe. Es sei gesagt, daß man zu Ponge auch keine Schokolade essen sollte, eher kleine Pfeffergürkchen, und die geben keine Flecken – der wahre Genießer weiß aufzupassen. Er wird nicht in Heidelbeerkompott schwelgend sich dem marmorierten Vorsatzpapier nähern, und er wird sich die Finger vor dem Berühren eines seidenmatten Pappeinbands gehörig abwischen. Das sind Selbstverständlichkeiten, die man gar nicht zu betonen braucht! Ich lese zu einem wunderbar gelungenen Broccolisoufflé schließlich auch keinen – wie heißt er noch? Der, bei dem immer so viel geheult, gepinkelt und ejakuliert wird? Ja, der! Also, es käme mir nicht in den Sinn, zu einer feinen, leichten und klugen Speise ein grobes und tumbes Buch zu lesen. Das Vergnügen an schön gemachten Büchern, die Ehrfurcht vor der Zerbrechlichkeit der alten Exemplare ergänzen sich aufs würdigste mit der Freude am Essen – und der Ehrfurcht vor dem Unterschied zwischen Speisen und Herunterwürgen. Es will ja so viel hinuntergewürgt werden, jeden Tag, immer mehr, immer unverdaulicher. Wer könnte beim Zeitungslesen noch essen, ohne daß es ihm gleich wieder aus dem Gesicht fiele? Wer will sich (wenn er ein gefühlvoller Zeitgenosse ist) das Frühstück mit einem Gemisch aus Korruption und Lügenbeutelei, Gift und Lärm, Mord und Totschlag vergällen? Eben. Und so frühstükke man lieber bei der Lektüre von Håkan Nesser, Patricia Highsmith oder Don Winslow, bei denen es um Korruption, Lügenbeutelei, Gift und Lärm, Mord und Totschlag geht. Kriminalromane zum Frühstück wappnen für die Wirklichkeit, ohne ihr gleich alle Rechte zu geben.

Und bei der Liebe? Man sende dem oder der Geliebten einen Korb Gedichte und mehrere Bände Früchte, Pikanterien und Wein. Beides will zusammen genossen sein.

Nadja Mayer

Masthähnchen und Pumpenschlumpf

Für E. und G.

Meine Entzifferung der Welt begann im Badezimmer. Die Haken für die Handtücher unserer kleinen Familie waren mit unseren Initialen – große Lettern aus blauer d-c-fix-Klebefolie – versehen, so dass ich die Buchstaben G, E und N täglich mehrfach vor Augen hatte. Und schon bald entdeckte ich, dass draußen in der Welt sehr viele Dinge genau wie unsere Namen mit diesen Buchstaben begannen: *Einbahnstraße*, *Gaststätte*, *Nibelungenallee*. *Nudeln*, *Grapefruit*, *Eier*. *Gillette*, *Nivea*, *Ernte 23*. Wohin wir auch kamen, entdeckte ich Wörter, die ich in Windeseile entzifferte. Schon bald konnte ich lesen – lange bevor ich schreiben lernte. Laut lesend ging ich fortan durch die Welt und hatte rasch ein stattliches Vokabular zusammen aus Wörtern, die mit G, E oder N begannen. Kurz darauf war ich auch bei Kombinationen angelangt: *Großer Feldberg*, *Einfahrt freihalten*, *Nicht springen*. Die Welt wurde lesbar, und das war herrlich. Ich hatte das Gefühl, dass mit jedem Wort das Bild schärfer und meine Umgebung klarer wurde. Als würde ein Licht, nein: als würden viele kleine Lichter angehen, die mich sehen und verstehen ließen. Eigentlich – so fühlte es sich für mich an – war nur existent, was auch benannt werden konnte. Und je mehr ich las, desto vollständiger wurde die Welt um mich herum. Die Wörter waren der Rohstoff, aus dem alles bestand. Begriff und Begreifen hingen für mich untrennbar zusammen. Wie von selbst gesellten sich zu G, E und N nach und nach all die anderen Buchstaben des Alphabets, und ich erweiterte mein Vokabular um Wörter, die ich zum Beispiel in unserer Wohnung fand. *Liebknecht* etwa. Oder *Telefunken, Braun, Dual. Pfeffer, Salz, Olivenöl. Jazz, Picasso, Beatles.* Ich legte Listen an. Und da ich noch nicht schreiben konnte, sagte ich sie mir regelmäßig vor dem Einschlafen auf. Mal sortierte ich die Wörter nach ihrem Anfangsbuchstaben. Dann wieder suchte ich nach anderen Gemeinsamkeiten. Zum Beispiel Wörter, die mit Essen zu tun hatten, solche, die technische Geräte bezeichneten, oder Wörter, in denen ein Ei vorkam: *Weihnachten, Seife, Ameise, Bleistift.*

Nicht alles verstand ich sofort. *Stegreif* zum Beispiel. Das Wort stand in einem Buch mit Zaubertricks. Ich schwankte, ob ich es als *Steh Greif* lesen sollte und das H vielleicht im Zusammenschluss der beiden Begriffe irgendwie verloren gegangen war. Oder ob es eigentlich *Steg Reif* hieß. Unter Letzterem konnte ich mir gar nichts vorstellen, darum beschloss ich, es mir so zu erklären: Man greift aus dem Stand – also stehend – nach etwas. Zum Beispiel nach einer Idee oder einer Sache. Das Wort kam interessanterweise über mehrere Jahrzehnte in meinem Leben gar nicht mehr vor. Erst als ich Dozentin an der Hochschule wurde, war es wieder da. Und es hat noch immer etwas leicht Rätselhaftes, obwohl ich inzwischen weiß, dass es etwas mit dem Steigbügel beim Reiten zu tun hat und so viel bedeutet wie: etwas aus dem Stand tun, ohne sich großartig vorzubereiten. So gesehen war meine kindliche Deutung gar nicht so falsch. Dann *Masthähnchen.* Wenn wir sonntags nach einer ausgiebigen Wanderung in einem Landgasthof einkehrten, entschied ich mich regelmäßig für Hähnchen mit Pommes frites. Sonntags durfte ich mir dazu sogar eine Cola bestellen. Häufig war auf den Speisekarten *Masthähnchen* zu lesen. Ich vermutete, dass dies ein Hähnchen war, das man vorher, statt es im Stall zu halten, an einen Mast band, an dem es hoch oben mit einer ausreichend langen Leine herumflatterte, damit es stark und kräftig werden konnte. Ganz wohl war mir dabei nicht, und ich mochte mir nicht vorstellen, an welchem Körperteil die Schnur befestigt war, an der das arme Hähnchen seine Runden um den Mast drehte, nur damit es uns Menschen noch besser schmeckte.

Dann begann die Zeit von *Pippi Langstrumpf*, *Wir Kinder aus Bullerbü*, von *Fünf Freunde* und *Hanni und Nanni*. Später las ich auch alle Bände von *Die drei???*. Hier kam relativ häufig das Wort *Recherchen* vor. Ich brauchte Jahre, um zu begreifen, dass dies nicht »kleine Rechnung« bedeutete. Ich hatte das Wort immer deutsch gelesen und mir vorgestellt: junge Leute schreiben Recherchen, Erwachsene schreiben Rechnungen.

Die Wörter begleiteten mich wie Verbündete, und schon bald fing ich an, Vorlieben zu entwickeln. Wörter, deren Klang oder Assoziation ich besonders mochte. Eine Zeitlang war *Pumpenschlumpf* mein absoluter Favorit. Ich schnappte das Wort auf, als Handwerker im Keller unseres Mehrfamilienhauses fachsimpelten. *Pumpenschlumpf*. Das klang lustig, aber gleichzeitig auch ein wenig geheimnisvoll. Als ich mein neues Wissen – in unserem Keller sitzt ein *Pumpenschlumpf*, der sehr wichtig ist, damit es nicht zu Überschwemmungen kommt – beim Abendbrot mit meinen Eltern teilte, stieß ich nur auf ungläubiges Lachen. Jahre später, ich hatte den *Pumpenschlumpf* längst vergessen, erfuhr ich, dass es *Pumpensumpf* heißt. Aber die Sache mit den Überschwemmungen stimmte. Auch *Kaffeeklatsch* gefiel mir gut. Da saßen in meiner Fantasie viele rundliche Damen um einen Tisch im Café und klatschten vor Vergnügen über die köstlichen Torten und das gemütliche Beisammensein in die Hände. Außerdem gab es Wörter mit Geschmack: *Roller* etwa oder *Kieselstein*. *Roller* schmeckte rostig und *Kieselstein* nach Gemüsesuppe. Manche Wörter hatten auch eine Farbe. *Donnerstage* waren gelb – und sind es bis heute –, *Hickelkreis* war rosa. Und es gab Wörter, die beides hatten, Farbe und Geschmack: So war *Autobahnausfahrt* grau und schmeckte nach Minze. Und Wörter konnten auch geheime Kräfte entwickeln und regelrechte Glücksbringer werden. Beispielsweise *Biskaya*. Der Klang war wunderschön und rätselhaft. Ich verstand nicht recht, ob es sich dabei um einen Wind, eine Wolkenformation oder, denn es hieß ja *die Biskaya*, vielleicht sogar um eine Göttin – eine Wettergöttin? – handelte. So oder so: Das Wort wurde für eine kurze Zeit ausgesprochen wichtig für mich. Mein erster Freund plante eine Geburtstagsparty im Ferienhaus seiner Eltern, das nicht nur einen Swimmingpool, sondern auch einen verwunschenen Garten hatte. Die Party sollte aber nur stattfinden, wenn es nicht regnete. Es war Mai, der Himmel war blau, und die Sonne wärmte uns schon den Rücken. Doch ab Christi Himmelfahrt kam eine Kaltfront auf, es regnete immer wieder und die Party musste verschoben werden. Ich war verzweifelt, denn auf dieser Party, so hoffte ich, sollte ich meinen ersten Kuss bekommen. Mehrmals täglich hing ich am Radio und verfolgte die Vorhersagen, um daraus eine Prognose für Party und Kuss abzuleiten. Ich deutete meteorologische Begriffe wie *Tiefausläufer*, *Temperatursturz* und *Azorenhoch* und setzte all meine Hoffnung auf die *Biskaya*. Durch die unsichere Ausgangslage bekam das Ganze mittlerweile eine geradezu existentielle Bedeutung für mich, und schon bald verband mich eine Hassliebe zum Wetter, das einerseits der Garant für meinen ersten Kuss sein konnte, aber gleichzeitig zu seiner Verhinderung beitrug. Es war verhext. Der Regen hielt sich weiter hartnäckig. Die Party wurde erneut verschoben und damit auch der erste Kuss. Ich war unfassbar unglücklich, versprach ich mir doch vom ersten Kuss nichts Geringeres als eine Verwandlung, als einen Übergang in einen anderen Seinszustand. Ich würde – so meine Überzeugung – nach diesem Kuss eine andere sein. Und noch heute ist für mich das Wort *Biskaya* auf geheime Weise mit *Küssen* verbunden.

Ein anderes Mal – ein neuer Fernsehapparat sollte angeschafft werden – schlug meine Mutter vor, sich vorab bei *Stift und Warentest* zu informieren. Klar: Die Waren wurden getestet, und damit man sich das Ergebnis auch merken konnte, musste man es sich notieren. Deshalb der Stift. Auch die drei *Muskeltiere* konnte ich mir logisch erschließen – drei starke Männer, die sich dank Muskelkraft gegen feindliche Ritter zur Wehr setzten. Und da ich selbst *Linkshändlerin* bin, schien mir auch das sonnenklar: Ich handelte und handle noch heute mit der linken, nicht mit der rechten Hand. Das L im Wort habe ich erst sehr spät abgelegt.

An einem grauen Sonntag, es war zu kalt für den Park und noch zu früh für *Bonanza*, stöberte ich im Bücherregal meiner Eltern und entdeckte zwischen einem Buch von Ror Wolf (konnte man tatsächlich so heißen?) und Peter Handkes *Die Angst des Tormanns beim Elfmeter* (ließ sich darüber wirklich so viel schreiben?) ein handliches Buch mit rotem Leineneinband. Es hieß *Das kluge Buch*, erschienen 1953 im Verlag Sebastian Lux. Den Buchdeckel zierte ein kleines, ovales Emblem, in dessen Mitte eine stilisierte Eule saß. Die erste Seite versprach »Wissen, Zahlen, Tatsachen, Mensch, Leben und Welt«. Vorsichtig begann ich zu blättern. Das erste Kapitel handelte vom menschlichen Körper. Ich erfuhr, wie lange die

Zellteilung dauert – etwa eine halbe Stunde –, dass unsere Luft beim Ausatmen 79,58 % Stickstoff enthielt, während sie beim Einatmen nur 79,02 % davon enthielt, und dass das menschliche Skelett aus 222 Knochen besteht. Hier irritierte mich der Zusatz *Durchschnitt*. Waren wir denn nicht alle gleich gebaut? Gab es Menschen mit mehr als 222 Knochen? Oder weniger? Wer zählte das? Wo saßen die Knochen, die zu viel waren? Und wo fehlten andere? Ich war beunruhigt. Nachdem ich mich noch mit der Körpertemperatur und der Zahl der Schweißdrüsen befasste, ging ich zur Astronomie über. »In der Lücke zwischen Mars und Jupiter«, stand dort, »wurde am 1. Januar 1801 ein neuer Planet entdeckt, der sich als einer von vielen kleinen Planeten erwies, die in dieser Lücke um die Sonne kreisen.« Das Planetensystem, das zuvor in meiner Vorstellung etwas Entrücktes, Fernes und Hochkomplexes war, bekam durch diese Beschreibung etwas wunderbar Normales, beinahe Vertrautes: Es hatte Lücken! Genau wie wir, wenn uns die Milchzähne ausfielen. Gierig blätterte ich vor und zurück und entdeckte immer wieder spannende Themen. Ich prägte mir die Flugbilder von Raubvögeln ein und die ersten acht Stellen nach dem Komma von π. Ich lernte die Windstärken von Windstille – nichts regt sich – bis Orkan – Verwüstungen – auswendig und studierte den Brut- und Trächtigkeitskalender von Tieren in der Landwirtschaft. Monatelang las ich immer wieder in diesem kleinen roten Buch mit seinen 488 Dünndruckseiten. Es war eine schier unerschöpfliche Quelle, und beinahe wöchentlich änderte sich damit auch mein Berufswunsch. Mal wollte ich Astronomin werden und das Sonnensystem erforschen – vielleicht gab es dort weitere Lücken zu entdecken, dann wieder – das mit der Anzahl der Knochen beschäftigte mich noch immer – hielt ich Ärztin für den passenden Beruf. Wenig später erwog ich, mich als Biologin auf Flechten zu spezialisieren. Jede Flechte, so war im Buch zu lesen, ist ein Doppelwesen, das aus einem Pilz und einer Alge besteht. Wie aufregend! In der folgenden Woche war mir wiederum klar: Ich würde Meteorologin werden. Neben Wolkenformationen mit so wunderbaren Namen wie *Stratokumulus* und *Zirrostratus* und der Geschwindigkeit von Regentropfen – sie treffen mit 670 Zentimetern pro Sekunde auf die Erde – war hier vermutlich auch die Sache mit dem ersten Kuss noch immer ausschlaggebend. Und schließlich tat ich beim Abendessen kund, Maurerin sei ein Beruf, der mich begeistern könnte. Ich unterstrich dies mit meinem frisch erworbenen Wissen über Mauerstein-Normformate (es gab neben dem *Deutschen Normalziegel* noch das *Alte Münchner Format*, das *Klosterformat*, das *Oldenburger* und das *Kieler Format*) und über Kolossalbauten, von denen das Empire State Building in New York mit 449 Metern damals der höchste war.

Zwei Dinge löste dieses kleine Buch mit dem roten Leineneinband bei mir aus. Zum einen stellte ich fest, dass alles, wirklich alles interessant ist und es sich lohnt zu verstehen, wie etwas funktioniert und warum. Dies ist eine Überzeugung, die mich bis heute begleitet. Die Kraftübertragung beim Fahrrad ist für mich genauso interessant wie das Prinzip der Photosynthese oder die Zubereitung einer marokkanischen Tajine. Den Unterschied zwischen Reihen-, V- und Boxermotor finde ich ebenso wissenswert wie die Besonderheiten der Konjugation im Französischen. Ich kann Backbord und Steuerbord auseinanderhalten und kenne die Abseitsregel im Fußball. Ich kann eine romanische von einer gotischen Kirche unterscheiden, mich für die Fibonacci-Folge begeistern und weiß, dass ein Saxofon wegen seines Mundstücks ein Holz- und kein

Blechblasinstrument ist. Das kleine rote Buch hat mich mit der Welt vertraut gemacht und meinen Horizont vom Kinderzimmer aus bis zum Südpol erweitert. Zum anderen entfachte das Buch in mir eine schier unfassbare Lust auf mehr, ein regelrechtes Fernweh nach Zukunft. Ich spürte, dass ich erst ganz am Anfang war, und freute mich darauf, die Welt noch genauer zu erkunden, Dinge zu entdecken und Zusammenhänge zu verstehen. Auf dass bald alles um mich herum hell und klar wurde. Manchmal konnte ich vor lauter Vorfreude und Aufregung nicht schlafen. Dann malte ich mir aus, wie ich in fremden Ländern Gesteinsproben nehmen würde, wie ich die Geschichte historischer Gebäude erkunden oder am Meeresgrund neue Erkenntnisse über Korallen gewinnen würde. Ich stellte mir vor, wie ich ein großes Orchester dirigierte, Gedichte schrieb, die in zwanzig Sprachen übersetzt werden würden, und eine Maschine konstruierte, die das Falten von T-Shirts übernahm. Ich würde Gebäude von nie dagewesener Gestalt bauen, Lücken im Planetensystem entdecken und neue Schriften entwerfen. Ziemlich weit hinten im Buch gab es fremdsprachige Ausdrücke und Redewendungen auf Englisch, Französisch und Latein. Dies schien mir die perfekte Vorbereitung auf die Zukunft zu sein. Ich lernte *common sense* und *gentleman's agreement*, *qui s'excuse s'accuse*, *pro forma*, *tabula rasa* und *status quo*. Beim Englischen und Französischen haperte es noch ein wenig mit der Aussprache, aber ich blieb dran.

Nach etwa einem halben Jahr, in dem *Das kluge Buch* mir die Welt für immer eröffnete, entdeckte ich in der städtischen Bücherei unweit der Kinder- und Jugendbücher ein Regal, das ich bis dahin schlicht übersehen hatte. Hier standen die Sachbücher. Es war wie mein kleines rotes Buch, nur eben verteilt auf viele Bücher. Großartig! Hier konnte ich mein Abenteuer also fortsetzen. Ich begann bei A wie Astronomie, fühlte mich dabei wegen der Sache mit der Lücke im Planetensystem schon ein wenig als Expertin, und würde mich Woche für Woche bis Z wie Zoologie durchlesen. In einem Buch über Philosophie war vom Dualismus die Rede. Ich musste an unseren Plattenspieler von *Dual* denken und stellte mir vor, dass Dualismus etwas ist, das mit der Saphirnadel des Plattenspielers erzeugt wird und letztendlich mit der Stereophonie an sich zu tun hat. Das Kuriose ist, dass diese Bilder, die sich beim ersten Begreifen einer Sache einstellen, nie mehr verschwinden – selbst wenn man das Ganze gründlich missverstanden hat. Als wir uns Jahre später im Philosophiestudium mit Descartes' Meditationen beschäftigten, musste ich immer an unseren Plattenspieler denken. So wie das Küssen auf ewig mit der *Biskaya* verbunden ist, das arme *Masthähnchen* in meiner Vorstellung noch immer in schwindelerregender Höhe an einem Seil herumflattert und der *Pumpenschlumpf* im Verborgenen dafür sorgt, dass es nicht zu Überschwemmungen kommt.

Das Lesen war längst zu einer elementaren Tätigkeit wie Atmen oder Essen für mich geworden. Und der Hunger nach Welt und Wissen, nach Erkunden und Verstehen hat mich sogar einmal zur Diebin gemacht. Ich war mit einer Freundin spontan und mitten im Semester nach Florenz getrampt. Beim hastigen Packen der Reisetasche vergaß ich, ein Buch einzustecken. Als ich an der Kasse der italienischen Buchhandlung mit Elias Canettis *Die Fackel im Ohr* auf Deutsch erwischt wurde – ich war unerfahren genug in solchen Dingen, um die ins Buch lose eingelegte Chipkarte nicht zu entfernen –, schaute der Kassierer ungläubig auf die 500 Lire in meinem Portemonnaie, das ich ihm wie zum Beweis – ich musste stehlen, ich habe ja kein Geld – unter die Nase hielt, dann auf den Canetti und warf mich schließlich aus der Buchhandlung. Ohne mir jedoch das Buch abzunehmen. Für 500 Lire bekam man damals nicht mal mehr einen Espresso.

Ich lese auch heute noch alles, was mir unter die Finger kommt. Ich lese Daniel Kehlmanns Romane mit derselben Begeisterung wie die philosophischen Essays von Byung-Chul Han oder die Krimis von Simone Buchholz. Ich lese vor dem Einschlafen Kochrezepte, den *Spiegel* oder Gedichte von Albert Ostermaier. Eine Zeitlang war der Katalog von *Manufactum* meine liebste Bettlektüre. Aber ich lese auch die Packungstexte von Haferflocken, das Kleingedruckte auf Cremetiegeln und die Zettel, die an Laternen oder Ampeln kleben. Ich lese den Einkaufszettel, den jemand im Einkaufswagen hat liegen lassen, das beiläufige Gekritzel auf einem Bierdeckel und das Graffito an der Häuserwand. Neulich fand ich einen Zettel auf einem Sitz in der U-Bahn, herausgerissen aus einem linierten Block: *Es ist egal, aber* stand dort. Ohne Punkt am Ende. Und an der Seite: *M. anrufen.* Wäre das nicht ein wunderbarer Anfang für eine kleine philosophische Abhandlung über Vergeblichkeit und Zuversicht? Oder der Stoff für eine Kurzgeschichte über eine Frau, die beschließt, allen Widrigkeiten zum Trotz noch einmal alles ganz anders zu machen in ihrem Leben? Die Welt, so meine feste Überzeugung, will gelesen werden. Immer. Und überall.

Birgit Haustedt

Storm in Italy

»Damit hat Storm unserem Husum keinen Gefallen getan«, kanzelte meine sonst sehr freundliche Großmutter den Verehrer meiner Schwester ab, als der ihr zur Begrüßung einige Verse aus dessen berühmtestem Gedicht »Die Stadt« vortrug. So trist, langweilig und grau sei der Ort nicht. Vermutlich enthielt ihre ungewöhnlich schnippische Antwort auch eine Spitze gegen das selbstbewusste Auftreten des jungen Mannes. Denn Theodor Storm gehörte zu den literarischen Hausheiligen meiner Großeltern. Das hatte ich während meiner Kindheit selbst erfahren oder besser gesagt erlitten.

Als Kind freute ich mich auf jeden Besuch in Husum. Meine Großeltern wohnten im Zentrum der kleinen Stadt in einer lebhaften Straße, aber in der zweiten Reihe. Ein enger dunkler Flur im »Vorderhaus«, der damals nach dem Fett der Imbissbude vorne roch, endete auf einem kleinen Hof. Schlagartig wurde es hell, und alle Geräusche der Stadt verstummten. Man stand vor einem weiß gekalkten Haus mit einem großen Fenster unter einer dichten blau blühenden Clematis. An der Seite führte ein schmaler Pfad in einen verwunschenen Garten zwischen hohen Mauern mit Rasen, einem alten Birnbaum und einer hohen Birke. Dahinter Gemüse- und Salatbeete, gesäumt von Stachelbeersträuchern und – nicht mehr vom Haus zu sehen – ein alter Schuppen und eine üppige Brombeerhecke. Das Schönste aber war ein kleiner Teich, auf den wir Kinder uns sogleich stürzten. Überhaupt war dieser Garten ein idealer Ort zum Spielen, zum Verstecken und Toben.

Auch das Haus selbst mochte ich. Alles war aufgeräumt und blitzblank, die Zimmer für die Enkelkinder im ersten Stock dufteten nach Seife und frischer Wäsche. Meine Großmutter, einzige Tochter eines wohlhabenden Kürschnermeisters, dem dieses Anwesen in allerbester Lage zu verdanken war, hatte die Führung eines Haushaltes in einer Hotelausbildung gelernt. Allerdings hatte diese behagliche Ordnung auch eine andere Seite: Sie durfte nicht gestört werden, vor allem nicht von Kindern. Bei Familienfeiern saßen die Enkel am Katzentisch und durften während des Essens nicht sprechen. Das alles übrigens nicht im 19. Jahrhundert, sondern in den 1960er Jahren.

Besonders wichtig war den Großeltern ihre Mittagsruhe. Von 13 bis 15 Uhr, gefühlt eine Ewigkeit, war jeglicher Lärm untersagt. Kein Problem bei gutem Wetter, dann konnten wir im abgelegenen Teil des Gartens spielen. An regnerischen Tagen aber blieb nur das Kinderzimmer. Und hier kam Theodor Storm ins Spiel. Mein Großvater war Lehrer, genauer gesagt Oberstudienrat, wie er selbst immer betonte, für Mathematik, Religion und Latein. Sein pädagogisches Engagement erstreckte sich damals auch auf mich, seine älteste Enkelin, die er besonders förderte. Zum Beispiel dadurch, dass ich früh das »Richtige« lesen sollte. Nicht die neuen progressiven Bücher wie *Pippi Langstrumpf*, sondern was er geeignet fand.

Das waren zum einen die Kinderbücher von Elise Averdieck, einer Hamburger Ururgroßtante, deren Bild im Wohnzimmer hing, einer Frau mit schmalen Lippen und weißem Häubchen, die etwas streng blickte. In ihren Büchern erzählte sie detailliert vom Alltag einer kinderreichen Hamburger Bürgerfamilie im 19. Jahrhundert und sparte dabei auch Schreckliches wie den großen Hamburger Brand nicht aus, der 1842 fast die gesamte Innenstadt zerstört hatte. Zu viel Realismus

für das ängstliche Kind, das ich war. Und zu wenig, was die Fantasie anregte.
Da griff ich dann lieber zu Theodor Storm, dessen Buchtitel immerhin geheimnisvoll klangen: Doch auch *Viola tricolor*, *Aqua Submersis* und *Pole Poppenspäler* hielten nicht, was sie an Fremdheit und Fantastischem versprachen. Eigentlich waren es auch Novellen für Erwachsene, kein Wunder, dass mir ein Märchen am besten gefiel: *Die Regentrude*, eine Geschichte, in der ein junges Paar auf abenteuerlichen Wegen seine Heimat während einer Dürreperiode vor dem Vertrocknen rettet. Mich beeindruckte besonders, wie Storm das heiße Flirren über den Feldern so schilderte, dass ich die sommerliche Hitze auf meiner Haut zu spüren glaubte, ein Gefühl von Wärme und Weite, nach dem ich mich sehnte. Die Enge der Verhältnisse, die stummen Verstrickungen und vergeblichen Ausbruchsversuche der Helden in Storms realistischen Novellen hingegen bedrängten und beunruhigten mich.
Heute würde ich sagen, dass mich damals in Storms anderen Erzählungen etwas anwehte, das zu sehr mit meiner Lebenswirklichkeit in dem kleinen Ort Büsum zu tun hatte, in dem ich aufwuchs, mit den langen, kalten und stürmischen Wintern, mit den Traurigkeiten meiner Mutter, die sich dort nie wohl fühlte und ständig fror, mit dem Unglück meiner Eltern, die nicht zueinanderpassten und dafür keine Worte fanden. Diese Zeit, meine Kindheit, wollte ich möglichst schnell vergessen und alles, was mich an sie erinnerte. Die Bücher Theodor Storms waren jedenfalls nicht der Grund, warum ich Literaturwissenschaften studierte.
Erst viele Jahre später konnte ich die literarischen Qualitäten des Husumer Autors neu entdecken – zweitausend Kilometer südlich in meinem Sehnsuchtsland Italien, wo ich deutsche Literatur und Sprache unterrichten sollte. Es war an meinem

ersten Arbeitstag an der Università degli Studi di Salerno, einer Universität, die in den 1960er Jahren im Nirgendwo, im Hinterland zwischen Salerno und Avellino, direkt an eine Autobahnausfahrt gebaut worden war. Viel wusste ich nicht von meinen Aufgaben, nur dass an jenem Tag die in Italien obligatorischen Prüfungen nach jedem Anno Accademico anstanden.

Schon am frühen Morgen saßen die Studentinnen – die Männer studierten lieber Jura oder Betriebswirtschaft – dichtgedrängt auf langen Bänken in einer großen Aula. Ungefähr einen Meter höher standen auf einem Podest mehrere Tische für die Prüfungen nebeneinander – architektonischer Ausdruck der universitären Hierarchie; denn die Prüfer blickten auf die wartenden Studentinnen herab. Aber auch ein sehr exponierter öffentlicher Ort, eine Art Bühne, auf der alles registriert wurde. Verstecken war da unmöglich. Als Neuling sollte ich mit einem anderen Dozenten zusammen die mündlichen Kenntnisse prüfen, Fragen stellen und einfache Gespräche führen, auf Deutsch natürlich, und nur in den unteren Jahrgängen. Alles kein Problem, beruhigte mich mein erfahrener Kollege Carsten.

Doch dann rief mich unsere Chefin Giusi zu sich. Ihre Kollegin, mit der zusammen sie den Fachbereich leitete, war nicht erschienen, ich weiß nicht mehr, warum. Ausgerechnet dieses Mal aber hatten sich viele Studentinnen im Abschlusssemester für die schwierige Literaturprüfung angemeldet. »Du hast doch Literatur studiert und selbst schon Seminare an der Uni gegeben. Kannst du mit mir gemeinsam prüfen? Sonst schaffen wir das nie.« Ich war kurz davor abzulehnen, weil bei dieser Prüfung italienisch gesprochen wurde, und darin war ich damals noch nicht besonders gut. Meine bescheidenen Italienischkenntnisse – ich konnte zwar vieles verstehen, aber beim

Sprechen haperte es – hatten jedenfalls bei meiner Bewerbung nicht den Ausschlag gegeben. Aber dann wurde mir klar: Wenn ich das jetzt verweigerte, dann hatte ich zukünftig schlechte Karten. Und im Grunde genommen wurde ich ab jetzt auch geprüft.

Thema des Hauptkurses und der Prüfungen war der »Maestro del realismo poetico tedesco«. Und der Meister des poetischen Realismus war Theodor Storm. Ausgerechnet. Der Autor, mit dem ich mittägliche Langeweile und norddeutsche Tristesse verband und den ich nie wieder gelesen hatte. Wenigstens konnte ich mich noch an seine Geschichten erinnern, an die Handlungen, an die Orte und Figuren. Die Inhalte aber waren meiner Meinung nach nicht Gegenstand einer akademischen Prüfung. Deshalb hatte ich mir mühsam einige literaturtheoretische Fragen auf Italienisch überlegt. Kein guter Einstieg. Erst als es um Theodor Storms Biographie ging, wurden die Antworten ausführlicher. Über das Leben des Dichters wusste die Studentin wesentlich besser Bescheid als ich. Und als es um die einzelnen Werke ging, blühte sie förmlich auf. So ging das mit fast allen Kandidatinnen. Diese jungen Frauen, die aus dem tiefsten Mezzogiorno stammten, erzählten die verdrängten Geschichten meiner Kindheit noch einmal neu. Sie redeten über die Personen, als seien sie gute Bekannte und erläuterten mit großem Eifer deren Konflikte. Vielleicht kannten sie auch eine ähnliche Enge der Verhältnisse, mit denen sie gerade als Frauen in Süditalien immer noch konfrontiert waren. Geradezu ins Schwärmen gerieten sie aber, wenn es um die Atmosphäre in den Novellen und Gedichten ging. Ausgerechnet das Regnerische, das graue Meer, der Nebel, kurz die Stimmung der Tristesse, die Storm so anschaulich geschildert habe, hatte sie besonders beeindruckt.

Fast zehn Stunden dauerten die Examina, niemals vorher und

nachher war ich abends nach einem Tag an der Universität so erschöpft. Aber auch glücklich, hatte ich doch selbst eine unerwartete Prüfung überstanden. Und Theodor Storm hatte mich gerettet. Ohne die Mittagsstunden im Haus meiner Husumer Großeltern mit der Lektüre seiner Bücher wäre ich verloren gewesen. Ohne die Unterstützung der Studentinnen aber auch, denn sie hatten natürlich rasch gespürt, wie unsicher ich war, und mir darüber hinweggeholfen, indem sie besonders lebhaft antworteten. Erst viel später habe ich verstanden, dass ich ihnen noch viel mehr verdankte. Durch die Begeisterung der jungen Italienerinnen für Theodor Storm habe ich einen neuen Blick auf den Autor meiner Kindheit werfen können, den ich längst abgetan zu haben glaubte. Erst dadurch, dass und wie diese Studentinnen von der oft tristen Stimmung in den Texten berührt waren, habe ich die literarische Meisterschaft Storms wahrnehmen können. Insofern hatte auch meine Großmutter Unrecht, als sie sagte, mit dem Gedicht über die graue Stadt habe der Dichter Husum keinen Gefallen getan. Im Gegenteil. Zumindest hier in Süditalien hatte er die Stadt zu einem Faszinosum gemacht.

Root Leeb

Höhenflüge

Sie ist nicht mehr ganz jung, gerade so alt, dass sie sich nicht mehr das Letzte abverlangen will, etwas soll noch übrig bleiben, denkt sie. Wofür oder was das »etwas« sein soll, weiß sie nicht genau. Das wird sich zeigen.

Die Helligkeit des ersten Tageslichts verspricht einen schönen Tag. Sie liebt Morgenspaziergänge über alles, und da sie in einem Teil der Stadt lebt, wo man durch einen langgezogenen Park mit altem Baumbestand direkt ins Umland gelangt und da unendlich weit in die Ferne laufen kann, springt sie aus dem Bett, isst nur schnell eine Kleinigkeit, zieht sich feste Schuhe an und läuft aus dem Haus, einfach los. Sie will keine Begleitung, weder Mensch noch Hund, nur ihre Gedanken oder ihr Nichts im Kopf, das ihr manchmal am allerliebsten ist.

Vielleicht, denkt sie, wird etwas Neues hineinspazieren.

Es ist noch sehr früh, das Licht noch fast weiß, aber schon mit blauer Verheißung, schimmert durch die Bäume, und nur ganz wenige Menschen sind im Park, schlaftrunkene Frauen und Männer mit Hunden, die vor der Arbeit noch schnell ausgeführt werden, um sich zu entleeren. Auch sportliche Gestalten, oft in grell leuchtenden Farben, laufen und springen vorüber, manche dehnen und verrenken sich am Rand des Weges, sehen aus wie animierte bunte Wegweiser.

Sie geht an allem vorbei und einfach vor sich hin.

Es dauert eine Weile, bis Geräusche in ihr ankommen, Gezwitscher, Gekrächze, Gesang und einzelne Flötentöne verschiedener Vögel, dazu das Rascheln von Amseln oder Mäusen am Boden und das Rauschen des Windes in den Ästen von Ahorn, Akazien und Hainbuchen. Sie breitet die Arme aus und atmet glücklich ein. Die Gerüche sind jetzt auch da, der noch feuchte Boden mit dem würzigen Erdgeruch. In der Nähe von Lärchen und Eichen meint sie den Wald zu schmecken, vor allem an Stellen, wo die Bäume etwas dichter stehen.

Sie geht immer weiter, denkt froh, wie gut, dass sie etwas zu essen und trinken in ihren Rucksack gepackt hat, es wird ihr also an nichts mangeln, selbst wenn sie den ganzen Tag unterwegs sein sollte.

Ihre Gedanken laufen hüpfend und sich überschlagend in ihr mit, über die Bäume denkt sie nach und über ihr Leben, auch ihr eigenes. Ob Bäume wissen, fragt sie sich, dass sie womöglich als Boten von Buchstaben ausgewählt werden, dass sie zu den Geschichten, die sie schon in sich tragen, ja, sie ist überzeugt, alle Bäume haben ihre eigenen inneren Geschichten, sie sehen ja so vieles und je älter sie werden, umso mehr, dass sie also zusätzlich die Texte und Geschichten von Menschen aufgedruckt bekommen? Und dass sie dafür zuvor ihr Leben lassen müssen?

Manchmal muss sie den Kopf schütteln, um ihre Gedanken zu entwirren. Sie ist wieder bei ihrem eigenen Leben angekommen. Erinnerungen fliegen vor ihr her, Sätze, die sie gelesen hat, Geschichten, die sie meint erlebt zu haben, aber sich dessen nicht ganz sicher ist. Dafür braucht sie immer die Hilfe von anderen, ihrem Mann oder ihren Freundinnen (die Kinder sind längst aus dem Haus und über alle Berge, sogar Erdteile verstreut), die sind ein gutes Korrektiv. Wenn sie ihnen Erinnertes erzählt, bekommt sie sofort ein Echo, erfährt, ob es sich um real Erlebtes oder Beschriebenes und daher Gelesenes handelt.

Manchmal, bei besonders phantasievollen und anregenden Begebenheiten, ist sie enttäuscht, dass sie das nur gelesen und nicht wirklich erlebt hat. Natürlich hat sie keine Beweise, die hätte sie gerne, aber sie gehört nun einmal nicht zu den Menschen, die alles fotografisch oder filmisch festhalten und dokumentieren.
Und der Hinweis ihrer Freundin Phoebe, sie solle doch froh sein, einmal Aufgeschriebenes sei doch immer wieder abrufbar und bleibe unverändert, während sich Erinnerungen an Erlebtes nicht nur von Mensch zu Mensch, sondern auch zu verschiedenen Zeiten unterscheiden. Das kenne doch jeder, wenn bei Erzählungen von gemeinsam Erlebtem später jeder seine ganz eigene Variation für die einzig richtige hält. Nein, meint auch Lars, ihr Mann, das Geschriebene, und noch besser, das Gedruckte hätte doch eine ganz andere Objektivität, man könne diese Geschichten lieben oder nicht lieben, auf jeden Fall blieben sie für immer in genau der aufgezeichneten Form verfügbar.
All das geht ihr jetzt durch den Kopf.
Nachdem sie eine gute Weile gelaufen, längst aus der Stadt heraus und von allem entfernt ist, was sie in irgendeiner Weise an ihrem Leben festhält, sieht sie plötzlich ein helles, ja weißes Flirren um sich. Wäre es kälter, würde sie glauben, es seien Schneeflocken, nur größer, etwas, das sich vor ihr dreht und wirbelt und in die Höhe fliegt. Es wirkt sehr verlockend, vor allem das Glitzern, sie sieht Zeichen, die sie nichts Bekanntem zuordnen kann, so schnell ändern sie ihre Form und Gestalt.
Kurz wird wie durch einen Nebel die Umgebung verschleiert, das Licht ändert sich, wird blaugrau wie Rauch, nimmt ihr die Sicht.
Noch bevor sie sich das Phänomen erklären kann, wird es wie-

der hell und strahlend weiß, erneut beginnt das Umschweben, Umringen und Umtanzen. Es wirkt verführerisch. Manche der kleinen Formen sehen jetzt aus wie Hieroglyphen, andere wie römische Ziffern oder Buchstaben des lateinischen, arabischen oder griechischen Alphabets. Auch keltische Runenzeichen meint sie zu erkennen. Genau kann sie das nicht unterscheiden, zu schnell zieht alles vorbei, bis ihre Augen sich auf etwas konzentrieren können, ist es schon wieder verändert.

Manche der Zeichen haben Haken, Rundungen und Schlaufen, andere spitze Giebeldächer, wieder andere sind nur waagrecht fliegende Striche, die sich je nach Windrichtung in einem bestimmten Winkel heben, biegen, sich aneinanderschmiegen …

Als die Wolke sich ihr schmeichelnd nähert, ja, sie auffordernd umarmt, greift sie kurz entschlossen nach einem direkt vor ihr schwebenden Halbrund, das auf der einen Seite eine hoch in die Luft gezogene Verlängerung wie ein Seil mit sich zieht. Es ist ein nach oben offenes, senkrecht auslaufendes Zeichen, das ins schier Unendliche steigt und sie sofort mit in die Höhe nimmt. Nicht ruckartig, sondern eher sanft ziehend und dabei doch schwungvoll. Sie überlässt sich, ja genießt es, fühlt sich wie in einem Riesenrad und sieht keinen Anlass zu erschrecken.

Aber dann ist sie so hoch, dass ihr ein wenig schwindelig wird und sie sich vorsichtig nach einer Möglichkeit umsieht, ihren Griff loszulassen, ohne abzustürzen. Doch jetzt scheint alles, was sich in der Luft befindet, schnell herbeizuwirbeln, um sie zu stützen, sie zu sichern. Sie fühlt sich wie von einem Teppich aufgenommen, oder ist es doch eher ein bedrucktes Blatt, mit all diesen Zeichen, die sich langsam alle in eine Ebene ordnen? Sie lässt sich fallen, kommt zum Liegen und versucht, die in ihrer Nähe befindlichen Buchstaben, ja, jetzt ist sie ganz sicher, dass es sich um solche handelt, zu entziffern, sie in einen Zusammenhang zu setzen, vielleicht ist es der Anfang einer Geschichte, fragt sie sich gerade hoffnungsvoll, als »*Im Anfang war das Wort*« plötzlich deutlich erkennbar vor ihr liegt. Ja, das kennt sie, und nein, die Bibel will sie jetzt eigentlich nicht lesen, denkt sie gerade, als *Kan Ya Ma Kan*... vorbeifliegt. Das versteht sie nicht. Dann folgen in schneller Reihenfolge *Es war einmal*... *Once upon a Time there was*..., *Il était une fois un grand arbre*..., und *Über die Milde habe ich mir vorgenommen zu schreiben*...

Ach, so viel Interessantes gibt es hier, so Wundersames zu entdecken. Sie denkt zurück an ihre Kindheit und die Schätze lange vergessener Geschichten. An unzählige Werke, die sie später gelesen hat. Und die lebenslange Sehnsucht nach genau diesem hier. Wie dankbar ist sie, dass sie offensichtlich nicht zurückgewiesen wird. Im Gegenteil, alle Hieroglyphen, Buchstaben, Runen und auch die anderen Zeichen verhaken, verflechten, durchmischen sich in einem immer schneller drehenden Wirbel, und es entsteht eine Art Gewebe, fast wie eine Hängematte.

In die kriecht sie hinein, streckt sich und will sich erst einmal ausruhen. Sie fühlt sich willkommen. Und sie hat ja Zeit.

Susanne Schaber

Co2/47 bis C/47 oder Freisekt am Semmering

Und das Buch […]
es liest sich im Kopf des Lesers,
ein langsames Feuer in der Nacht.
Worte auf der Jagd wie eine Eule.
Cees Nooteboom, Das Buch und die Eule

Es ist einer dieser Samstage im November. Der Himmel hängt tief über der Stadt, der Sturm jagt durch die Straßen und sucht den Herbst zu vertreiben, der sich ein letztes Mal aufbäumt und seine Farben ausschickt, dem herannahenden Winter zu trotzen. Während ich mich nach einem kurzen Spaziergang für ein Vorhaben entscheide, das ich schon ewig vor mir herschiebe. Die alte Truhe in der Diele, ein Erbstück. Und bis oben hin gefüllt mit Papieren und Dokumenten. Ein Nachlass, immer noch nicht gesichtet. Und wenn nun heute der Tag wäre, endlich hinunterzusteigen ins Privatarchiv der Familie, hinein in Banalitäten und Geheimnisse?
Die Truhe geht nur schwer auf, der Deckel klemmt. Der Blick ins Innere des hölzernen Ungetüms, wo mir Staub entgegenwirbelt, macht mich mutlos. Altlasten. Allein die beiden Wäschekörbe neben mir beflügeln mich, und ich beginne, mich durch Ordner und Akten zu wühlen. Pläne von Haus und Grundstück, alte Rechnungen für die Einrichtung des einstigen Speisezimmers samt dazugehöriger Entwürfe und Fotos, Garantiescheine für Geräte, die längst entsorgt sind. Die Un-

terlagen zu einem Nachbarschaftsstreit in Sachen Grenzziehung, eine Schachtel mit Todesanzeigen, ein Album mit einer Sammlung vergilbter Ansichtskarten. Das meiste rasch auszusortieren. Und dann, ein paar Stunden später, ganz unten in den Tiefen der Truhe, eine schlichte Flügelmappe, dünner Karton, hellbraun meliert. Als ich sie öffne, fällt mir ein Konvolut an losen Zetteln und Seiten entgegen. Durchschläge von Korrespondenzen, das abgelöste Etikett einer Sektflasche der Firma Etti, das Foto einer Villa vor dem Hintergrund einer Bergkulisse und ein Bündel mit Abschriften juristischer Gutachten. Geschäftsbriefe, die Sprache von Beamten, Juristen und Buchhaltern. Gleich zum Altpapier mit dem Kram. Allein die Daten auf den Schreiben und Protokollen lassen mich zögern. September 1944, Mai und Juni 1945, April 1947, Mai 1949. Bewegte Jahre. Die Gefechte um Wien, die Kapitulation des Dritten Reiches, die russische Besatzung und der Wiederaufbau der zerbombten Stadt.

Der Waschkorb muss warten, ich setze mich auf die Treppe und beginne, in diesem Packen eng bedruckter, mit unterschiedlichen Schreibmaschinen getippter Blätter zu lesen. Sie sind eng bedruckt und offensichtlich mit unterschiedlichen Schreibmaschinen getippt. Eine Flut dürrer Sätze und verquerer Fakten überrollt mich, penibel aufgezeichnet und abgelegt. Nicht meines. Und doch zögere ich, die Mappe aus der Hand zu geben. Denn plötzlich bemerke ich, wie beim Lesen ganz langsam eine Geschichte in mir auftaucht. Nicht meine, aber eine – und vielleicht unsere. Mit jeder Seite, die ich nun verschlinge, nimmt sie an Fahrt auf. Bis sie schließlich ein Eigenleben gewonnen hat und mit mir hineinrast in andere Zeiten und Welten.

Mitte Juni 1945. Ein junger Mann macht sich von Wien auf den Weg nach Breitenstein am Semmering. Dort besitzt sein

Vater, Baumeister Leopold M., ein Haus. Rund um die Passhöhe an der Grenze zwischen Niederösterreich und der Steiermark erstreckt sich eine beliebte Gegend für die Sommerfrische, dort unterhält die bessere Wiener Gesellschaft ihre Zweitwohnsitze: rustikale Villen mit kunstvoll angelegten Steingärten zwischen Fichten und Legföhren, mit Blick auf Rax, Hohe Wand und Hirschenkogel, wo man sich in maßgeschneiderter Bergkleidung den Freuden leicht alpiner Spaziergänge und Klettereien hingibt.
So auch Familie M. Doch angesichts der Kämpfe um Wien und der Furcht vor Ausschreitungen der Roten Armee hat man es schon eine Weile nicht mehr gewagt, sich aus der Stadt hinauszubewegen. Nun aber muss es sein. Sohn Karl wird in geheimer Mission auf den Semmering geschickt. Im Haus der Familie – so es möglichen Übergriffen standgehalten hat – soll er ein Lager mit Sekt sicherstellen. Viel Sekt, um genau zu sein, eintausendvierhundertsiebzig Flaschen, aufgeteilt auf achtunddreißig Kisten. Auch Baumeister M. trinkt gern ein Gläschen. Leider gehören die tausendvierhundertsiebzig Flaschen »Etti Reservée« nicht ihm. Sie gehören der Theodor Etti AG, die mit Delikatessen handelt und neben dem Firmensitz in der Wiener Gudrunstraße auch noch eine Wein- und Sektkellerei auf der Hohen Warte betreibt. Mit ihr hat Baumeister M. im September 1944 einen Vertrag abgeschlossen. In Wien wurde es der Firmenleitung in jenen Tagen zu gefährlich. Es gab Gerüchte, wonach der Feind heranrücken würde, und da suchte man zumindest einen Teil der Bestände vor Bomben und Plünderungen in Sicherheit zu bringen. Baumeister M., ein Geschäftspartner, bot sich großzügig an. Sein Anwesen in Breitenstein am Semmering, ließ er die Etti AG wissen, verfüge über einen frostsicheren Keller, eine Mistgrube und einen im Winter stillgelegten Brunnenschacht. Da könne man eini-

ges unterbringen. Um nicht zu sagen: verstecken. Man wurde schnell handelseins. »Wir danken Ihnen für Ihre Mühewaltung bestens. Mit deutschem Gruß – Theodor Etti AG.«
In aller Eile und unter damals schon erschwerten Bedingungen wurde die Überstellung nach Breitenstein organisiert. Am 28. September 1944 expedierte man achtunddreißig Kisten Sekt zum Wiener Südbahnhof und weiter mit dem Zug nach Gloggnitz am Fuß des Semmering. Eine wertvolle Fracht. Für eine Flasche galt es acht Reichsmark fünfzig zu berappen. Entsprechend für die gesamte Ladung zwölftausendsiebenhundertfünfzig Reichsmark. Am Bahnsteig von Gloggnitz übernahm die Lastauto-Unternehmung Franz E. den Sekt und beförderte ihn zum Haus M. in Breitenstein. Und dort passierte es. Die achtunddreißig Kisten wurden abgeladen, vierzig Flaschen gingen dabei verloren.
Baumeister M. war erzürnt. An Franz E. erging ein Brief. »Meine Haushälterin erklärte mir, dass Ihr Chauffeur die Kisten abzählte, eine Anzahl von achtunddreißig Stück bestätigte und alsdann eine Kiste mit der Begründung wieder auflud, die eine Kiste dürfte wohl nicht zur Sendung gehören.« Der Fahrer wollte sich an nichts mehr erinnern, der Frächter wies alle Vorwürfe von sich. Baumeister M. meldete den Verlust der Etti AG, und diese reagierte postwendend: Der Wert des verlorengegangenen Sekts decke sich mit den Frachtkosten, weshalb man die Rechnung für den Transport nicht begleichen werde. Andernfalls sähe man sich vor Gericht wieder. Baumeister M. ärgerte sich über die Kalamitäten und legte einen Akt an. Die Causa Schaumwein.
Monate verstreichen. Und dann ist der Krieg aus. Die Leute haben Sorgen. Auch Baumeister M. *Seine* Sorgen freilich sind sehr speziell. Die Etti AG ist an ihn herangetreten, er möge den eingelagerten Sekt ehebaldigst zurückstellen. Ein absur-

der Aufruf angesichts der Zeiten, in denen man steckt. Trotzdem gelingt es der Etti AG, Baumeister M. mit ihren Forderungen ordentlich zuzusetzen. Er muss zügig handeln. Im Juni 1945 wird Sohn Karl beauftragt, sich nach Breitenstein am Semmering durchzuschlagen, um mögliche Schäden am Haus zu inspizieren und dabei auszuforschen, wo der Schaumwein geblieben ist. Der junge Mann ist sechsundzwanzig Jahre alt, klein und schmächtig, und hat eine weite Strecke vor sich. Vom vierzehnten Wiener Gemeindebezirk nach Breitenstein am Semmering sind es neunzig Kilometer. Er ist zu Fuß unterwegs. Das Transportsystem ist zusammengebrochen, allein in Niederösterreich zählt man knapp siebenhundert gesprengte Brücken. Die Straßen sind überfüllt, zehntausende Menschen strömen über den Semmering, ehemalige Zwangsarbeiter, Vertriebene, flüchtende Nazis. Lebensmittel sind knapp und Betrüger gefährlich.
Sohn Karl erreicht Breitenstein nach vier Tagen, unbeschadet. Ein erster Lokalaugenschein wirkt beruhigend. Das Haus ist vor Einbrüchen und Raubzügen, wie sie während der Semmering-Kämpfe im April 1945 ganz alltäglich waren, verschont geblieben. Doch als er beginnt, die Sektvorräte im Keller und Brunnenschacht aufzuspüren, staunt er. Von den tausendvierhundertsiebzig Flaschen ist keine einzige zu entdecken.
Haushälterin Josefa S., der Familie M. treu ergeben, kann das Rätsel zügig lösen. Der Sekt sei, so rechtfertigt sie sich, Ende März 1945 den Bewohnern von Breitenstein überlassen worden. Und das in bester Absicht. Die Nachricht vom Näherrücken der Roten Armee habe einen Nachbarn, den übereifrigen Herrn Dr. K. dazu bewogen, eigenmächtig die Verteilung der Kisten anzuordnen: auf dass der Alkohol nicht in fremde Hände falle und so Schaden anrichte. Ja, und da habe man natürlich nicht lange gefackelt. In letzter Minute sozusagen. Der

Bevölkerung war nahegelegt worden, sich eiligst vor den Russen in Sicherheit zu bringen. Vorher aber holte man sich noch schnell ein paar Flaschen. Eine Okkasion.
Doch zum Glück ist die Haushälterin Josefa S. in der Buchführung genauso penibel wie ihr Arbeitgeber. Sie legt dessen Sohn eine Liste vor, die den Verteilungsschlüssel genauestens aufzeichnet. Karl M. wandert von Haus zu Haus. Vergeblich. Keine einzige Flasche Sekt ist aufzutreiben. Zu trinken bekommt er nirgends.
Als er nach Wien zurückgekehrt ist, geht sein Vater ans Werk. Die Etti AG drängt. Nun, da eine Flasche Wein am Schwarzmarkt um die achtzig, ein Liter Brandwein vierhundert und eine Flasche Schnaps besserer Qualität etwa tausend Reichsmark kosten, ist der Wert des Sektes beträchtlich gestiegen. Zumal er kaum aufzutreiben ist. Baumeister M. gerät unter Druck. Er hafte natürlich für den eingelagerten Sektbestand, lässt man ihn wissen, und jetzt müsse er zusehen, den Verlust zu ersetzen.
Anhand der Liste sendet Baumeister M. Rechnungen aus. »Zur Ordnung dieser Handlung ersuche ich vorstehenden Betrag sofort zu erlegen, außerdem die Leerflaschen und Kisten der Josefa S., Breitenstein, zurückzustellen.« Es ist nicht leicht, die Briefe an die richtigen Adressaten zu befördern. Etliche der Sektempfänger sind geflüchtet, verzogen oder verschollen, einer wurde indessen verhaftet. Andere wollen von einer Bezahlung nichts hören. Sie haben weit dringlichere Probleme. Die Monate ziehen ins Land.
Erste schriftliche Antworten treffen doch noch ein. So etwa der Brief des Oberstleutnants a. D., Johann D. aus Graz, der stolze hundertzehn Flaschen Sekt bezogen hat. Er sei kein Alkoholiker, empört er sich, er habe den »Champagner«, wie er ihn nennt, damals nicht benötigt. Wofür also bezahlen? Er

habe sich schließlich ehrenhaft bemüht, einen Gefahrenherd zu beseitigen. »Was hätten Sie selbst getan«, argumentiert er, »wenn Sie zur gegebenen Zeit in Ihrer Villa am Semmering hätten verbleiben müssen? Ich glaube nicht, dass Sie etwas anderes veranlasst hätten als die rascheste Dezentralisierung und Vernichtung des Alkohols. Wenn ärmere Menschen bei dieser Alkoholvernichtung auch mal zu etwas Champagner gekommen sind, können Sie ihnen dies ruhig gönnen. Niemand verfolgte damals in dieser Stimmung zwischen Leben und Tod die Absicht, sich mit Ihrem Champagner eine vergnügte Stunde zu verschaffen.«

Doch der Oberstleutnant a. D. ist zu spät mit seinem Tadel, Baumeister M. hat die Sache seinem Anwalt und dem Gericht übergeben. Sechs Parteien werden geladen. Am 17. April 1947 beginnt im Bezirksgericht Gloggnitz die Streitverhandlung. Aktenzahlen C2/47 – C7/47. Bei der Befragung durch den Richter verteidigen sich die Angeklagten. Der Sekt stehe zur freien Entnahme bereit, habe es geheißen, nur deshalb habe man zugegriffen. »Die große Kiste mit fünfzig Flaschen«, erinnert sich Franz S., »habe ich selbst mit meinen Leuten getrunken, die kleine Kiste habe ich im Wald vergraben. Als ich nach einem halben Jahr nachschaute, war die Kiste vorhanden, jedoch nicht mehr die Sektflaschen.« Und eine Frau Hilde T. erläutert folgenden Sachverhalt. »Ich war damals nicht zu Hause, meine Tochter hat den Ukrainer hingeschickt, der eine große Kiste Sekt mit fünfzig Flaschen brachte, die ich für mich verwendet habe. Der Ukrainer fuhr dann mit dem Schubkarren ein zweites Mal hin, lud eine kleine Kiste auf, brachte jedoch nur vier bis fünf Flaschen nach Hause, da ihm auf dem Wege der größte Teil von Volkssturmmännern und Soldaten weggenommen wurde.«

Die Ermittlungen werden nach der Verhandlung fortgesetzt.

Frau Erna P., die trotz Ladung nicht erschienen ist, wird neunzehn Monate später abermals nach Gloggnitz zitiert. Auch sie schildert die wundersame Sektverteilung. »Als ich nach Hause zurückgekehrt bin, hat eine Kiste Sekt im Hof gestanden. Weder ich selbst habe den Sekt geholt, noch hat mein Ostarbeiter die Kiste Sekt ins Haus geführt. Die Flaschen wurden von Ostarbeitern und Flüchtlingen ausgetrunken. Ich selbst habe keinen Sekt getrunken. Ich habe selbst einige Flaschen Wein von früher zu Hause gehabt. Eine Flasche hat mein Mann, wie er im Lazarett war, nach Hause gebracht. Eine Flasche wurde bei den Festivitäten einer Eheschließung zurückgehalten. Zwei Flaschen habe ich von einem deutschen Offizier bekommen. Diese zwei Flaschen habe ich geöffnet und meinem Schwiegervater hie und da ein Gläschen gegeben. Ich leide an Gelenksrheumatismus, und es wurde mir der Wein vom Arzt verboten.« Verfahren geschlossen am 17. November 1948.
Doch ein Ende der Affäre ist nicht in Sicht. Am 19. Mai 1949, mehr als vier Jahre nach der Sekt-Umverteilung, geht der Fall in die nächste Runde. Diesmal klagt die Etti AG. Die Causa ist inzwischen nach Wien ins Bezirksgericht Innere Stadt übersiedelt. Auch Sohn und Vater M. sind als Zeugen geladen.
Der Ordner »Schaumwein« ist ordentlich angewachsen. Und kein Friede in Sicht. Oberstleutnant a. D. Johann D. meldet sich nochmals zu Wort. »Den damals am Semmering und Umgebung lebenden Menschen konnte wohl nicht zugemutet werden, für die Erhaltung Ihres Champagnerkellers ihr Leben und die Erhaltung der Villen zu riskieren. Hochachtungsvoll.«
Achtzig Jahre nach den Ereignissen habe ich die Dokumente in Händen, als Frau des Enkels von Baumeister Leopold M. Es ist dunkel geworden, Nebel drängt ans Fenster, Nieselregen klopft an. Über Stunden habe ich mich durch Briefe und Protokolle gegraben und handschriftliche Bemerkungen entziffert.

Und mit jeder Seite ist die Geschichte plastischer vor meinem inneren Auge erstanden: eine skurrile Begebenheit in Zeiten des Krieges und des Neubeginns nach dem Zusammenbruch des Faschismus, eine aberwitzige Fußnote in der Welten Lauf. So wie ich sie mir, lose Zettel in der Hand, zusammengereimt habe. Lesen bedeutet Erfinden und Ersinnen, das Füllen der Leerstellen zwischen den Worten und Sätzen, das Erkunden der Geheimnisse zwischen Wirklichkeit und Imagination. Die vielleicht größte Freiheit, die wir kennen.
Und der Ausgang der Causa Schaumwein? Dazu schweigt der Akt. Er ist jetzt leer. Diesmal bin ich allein dran, die Geschichte zu einem Ende zu bringen. Ich krame im Waschkorb und stoße auf ein Bündel mit Rechnungen der Firma Lessner & Kamper, das ich dem Altpapier schon einverleibt habe. Von ihr, so erzählen sie mir, hat sich Baumeister M. nach 1947 regelmäßig mit Weinen beliefern lassen. Mit dem Brief von Oberstleutnant a. D. Johann D. schließt er den Akt, verbannt ihn in die Tiefen einer Truhe und kündigt den Vertrag mit der Etti AG. Fortan hält er sich an »Erlauer Stierblut«, eine Cuvée aus Blauem Portugieser, Kékfrancos und Kadarka. Die Lust auf Sekt ist ihm ein für alle Mal vergangen.
Ich sortiere die Zahlungsbelege für den vollmundigen Roten aus Ungarn und packe sie ganz unten in die Flügelmappe. Meine Geschichte, von Pappendeckeln umfangen. Santé! Auf die wundersamen Abenteuer des Lesens.

Dorette Deutsch
Marco Polo war hier

An verregneten Tagen, wenn sanfter Nebel über den Kanälen hing, lauschte Elisa auf das Geräusch der Regentropfen, das sich mit den weichen, wohltuenden Worten aus ihren Lieblingsbüchern zu einer Melodie des Wohlbefindens mischte. Sie mochte es, wenn der Regen an die Scheiben prasselte, leise, dann laut und wieder leise, so, als wollte er den Sätzen aus den Büchern einen besonderen Rhythmus aufdrücken.

Gespannt hörte sie auf die Glocke von *San Giobbe* und legte ihr Buch zur Seite: Es war zwölf Uhr, und wieder hatten sie die Seiten so gefesselt, dass die Zeit wie im Flug vergangen war. Früher, in ihrer Jugend, waren es in *Cannaregio* ausschließlich die Kirchglocken, von *San Giobbe*, *San Geremia* und *Sant' Alvise*, die den Tag unterteilten. Man hörte sie morgens, wenn der Tag begann, dann um 12, wenn die alten Frauen ihr Gebet sprachen und wieder nach Hause eilten, und zuletzt um 18 Uhr, wenn schützende Dämmerung über der Stadt lag.

Etwas unruhig wartete Elisa auf ihre Tochter Kira, die sich offensichtlich verspätet hatte. In der *Lista di Spagna* war ein Wasserrohr gebrochen und hatte Geschäfte und Straße unter Wasser gesetzt, ein Desaster! Dieses Mal war also nicht das Hochwasser schuld. Elisa hatte es zum Glück rechtzeitig im Radio gehört, bevor sie sich Sorgen machte. Kira brachte ihr gelegentlich den Einkauf vorbei und musste also heute wegen des Schadens einen Umweg gehen. Vielleicht sollte sie selbst wieder einmal ausgehen, bevor sie nur noch in der Gesellschaft ihrer Bücher lebte. Früher war sie häufig durch die Stadt flaniert, immer auf der Suche nach Eindrücken, Bildern und Geräuschen. Heute suchte sie die Begegnungen nur noch in ihren Büchern. Aus den Geräuschen von draußen und den Sätzen und Buchstaben der gelesenen Seiten entstanden die Bilder in Elisas Kopf, die sie jeden Tag neu in ferne Welten versetzten. Manchmal kam es ihr vor, als hätten nicht nur die Wörter, sondern sogar die Buchstaben ein Eigenleben und würden sich in ihrem Kopf zu einem fantastischen bunten Reigen verbinden.

An diesem Vormittag war Elisa wieder einmal in die Erinnerungen Marco Polos eingetaucht. Sein Reisebericht *Il Milione* war eines ihrer Lieblingsbücher und Marco Polo ihr heimlicher Held. Denn es war Marco Polo, der als erster Seidenstoffe und Gewürze aus Asien nach Venedig gebracht hatte. Manche taten seinen Bericht als Märchensammlung ab. Schon möglich, denn er hatte seine Geschichte ja aus der Erinnerung in Genueser Gefangenschaft diktiert, vielleicht erinnerte er sich manchmal selbst nicht mehr so genau. Aber Elisa suchte sich aus den Büchern immer das heraus, was ihre Fantasie am meisten anregte. Gerade stellte sie sich vor, wie Marco Polo im fernen China den Glasmeistern begegnet war. Marco Polo, der den Vornamen des Stadtheiligen von Venedig trug, war so weit gereist wie kaum ein Venezianer vor ihm und hatte die fremde Welt mit großer Präzision beschrieben. Manchmal hätte sie sich gewünscht, in seine Geschichte hineinzuspringen und in eine andere Zeit versetzt zu sein oder gar mit seinen Augen die Welt zu sehen.

Mit Bedauern hatte Elisa in den letzten Jahren erlebt, wie sich Venedig verändert hatte. Manchmal kam es ihr vor, als würde die Stadt bald unter der Achtlosigkeit der Menschen zusammenbrechen: Nicht, dass die Paläste untergingen, diesen Unsinn hatte sie auch schon gehört; die Stadt riskierte, zur leblosen Museumsstadt zu werden, wo die anderen, die Fremden, ihrem zweifelhaften Vergnügen nachgingen. Auch deshalb las sie lieber, wie es hier früher einmal war, ihre Lieblingsbücher waren beste Zeugnisse davon. Schließlich war die Stadt im Wasser aus einem tiefen Bewusstsein für das Gemeinwohl entstanden, denn nur aus dem Zusammenspiel aller, Handwerker, Fischer, Bootsbauer und Händler, konnte diese einmalige Stadt funktionieren. Elisa fand, dass man das heute noch spürte. Sie erinnerte sich, wie in ihrer Jugend die Frauen draußen vor den Häusern Perlen auffädelten, wie die Fischer ihren Fang in den Kanälen säuberten und wie sie selbst im Kanal vor ihrer Haustür schwimmen gelernt hatte. Dann kam eine Zeit, als ihre Nachbarin jeden Abend um zehn das Fenster öffnete und den Abfall in den Kanal warf: plop! Vielleicht war das der Anfang vom Ende. Sie legte ihr Buch zur Seite und sah hinaus. Das Geräusch der Regentropfen war schwächer geworden, sodass jetzt wieder das Geschnatter der Möwen zu hören war. An beiden Seiten des Kanals ankerten Boote, geschützt von bunten Plastikplanen, in denen sich das Regenwasser staute. Auf alten Fotos waren noch die eleganten Gondeln mit ihren *felze*, den schützenden Kabinen, zu sehen! Heute war vieles zu offensichtlich und fast banal. Elisa tauchte lieber in die Welt Marco Polos ein und erinnerte sich, wie sich die Luft ohne die Abgase von dreißigtausend Motorbooten anfühlte.

Schließlich kam Kira, ihre umtriebige Tochter, die immer besonders streng mit ihr war. »Die Mutter von Marta hat sich neu verliebt! Sie ist 72, er ist fünf Jahre älter. Marta sagt, sie sehen sich unentwegt in die Augen und halten Händchen!« Elisa lachte, obwohl es, wie immer bei Regen, ein besonders melancholischer Tag war. »Es freut mich für die beiden, aber ist es nicht ein bisschen lächerlich, mit über siebzig die jung

Verliebten zu spielen?« »Für dich vielleicht, für die beiden nicht, und für mich auch nicht.« Elisa suchte kurz nach Argumenten, weil ihr sehr am Wohlwollen ihrer strengen Tochter gelegen war. »Ich fühle mich ganz wohl in meinem Leben, und die Welt ist doch schön, weil es so viele verschiedene Entwürfe gibt. Meine Liebe gilt nun mal den Büchern. Wenn ich einen Partner hätte, könnte ich weniger Zeit mit Lesen verbringen.« Kira sah das überhaupt nicht so. »Also, wir wissen ja beide, dass der Tag 24 Stunden hat. Acht Stunden zum Schlafen – in deinem Alter schläfst du bestimmt noch weniger –, vier zum Lesen und den Rest zum Leben.« Elisa wusste, dass sie gegen Kiras Argumente keine Chance hatte. »Tu mir den Gefallen und geh einfach mal aus. Du kannst ja in die Markusbibliothek gehen!« »O ja, das ist eine gute Idee!« »Übrigens, in *San Francesco della Vigna* werden gerade Bücher aussortiert. Ich habe ein paar Gedichtbände darunter gefunden, Ezra Pound und so. Geh doch mal vorbei, dann triffst du erstens Leute und kannst zweitens für Nachschub sorgen. Und nimm dein *carello* mit, damit du die hundert Bücher transportieren kannst.« Etwas ratlos sah Elisa ihrer Tochter hinterher, die bereits am Gartentor stand. Sie musste zugeben, dass der Vorschlag, die alte, nach Pergament riechende Bibliothek zu besuchen und Fra' Giacomo zu treffen, ziemlich verlockend war. Und wenn es da noch neue Bücher gab …

Sobald sie die erste Brücke Richtung *Fondamente nove* überquert hatte, kam ihr die Luft wohltuend und erfrischend vor. Zugegeben, auch Bücher hatten einen speziellen Duft, aber die Stadt sah nach dem Regen wie reingewaschen aus. Sie sah an den Hausfassaden hoch und versuchte, einen Blick durch die Fenster zu erhaschen. Manchmal erstaunte es sie, dass die Häuser in Venedig noch genauso aussahen wie zu Zeiten Marco Polos. Elisa stellte sich vor, dass sich das Leben der Menschen

vor derselben Fassade und in denselben Räumen abspielte wie vor Hunderten von Jahren, obwohl sich die übrige Welt doch so grundlegend verändert hatte.
Jedenfalls, Marco Polo hatte Ende des 13. Jahrhunderts dieselben Palazzi gesehen und in ihnen gelebt wie die heutigen Venezianer, und das war es, was Elisa an ihrer Heimatstadt am meisten faszinierte. Wahrscheinlich hatte er süße *baicoli* und *baccalà mantecato* aus salzigem Stockfisch verspeist. Dass sie sich manchmal die gleichen Gerichte wie die Personen aus den Büchern zubereitete, erzählte sie lieber niemandem.
Signora, per favore, faccia attenzione! Der Mann hatte es eher besorgt als ärgerlich, mit zusammengepressten Lippen, ausgerufen, als Elisa, in Gedanken versunken, mitten auf der Brücke vor dem *Ospedale civile* fast mit ihm zusammengestoßen wäre. Erschrocken zuckte sie zusammen und entschuldigte sich, während der Fremde eilig die letzten Stufen nahm und Richtung Anlegestelle *Fondamente nove* eilte. Als Elisa auf der Mitte der Brücke angekommen war, bemerkte sie auf dem Boden eine rote Glasperle mit goldenen Streifen, die ihr direkt vor die Füße gerollt war. Im selben Augenblick hörte der Regen auf, und ein winziger Sonnenstrahl traf auf die kleine Perle, als würden sich alle Farben des Himmels, der Sonne und des Mondes in ihr spiegeln. Vorsichtig hob Elisa die Perle auf und drehte sie zwischen den Fingern. Die Oberfläche fühlte sich kühl und glatt an, so als wäre der Glanz unter ihre Haut gedrungen. Auf dem roten Untergrund zeichneten sich feinste geometrische Linien ab, die sich durch das Sonnenlicht in farbige, bewegliche Wellen verwandelten. Elisa erinnerte sich an die Gemälde Tizians und Tintorettos, auf deren Bildern die schönen Venezianerinnen Ketten aus genau solchen Perlen trugen.
Als sie sich umdrehte, sah sie gerade noch, wie der Fremde das

vaporetto Richtung San Michele bestieg. Merkwürdig, dieser schwarze, wehende Umhang, wie ihn einst die Edelleute und reichen Kaufleute trugen, was in Venedig meist auf dasselbe hinauslief. Für einen Augenblick hatte sie Angst, jedes Zeitgefühl verloren zu haben: Es war doch nicht etwa Karneval? Plötzlich kamen ihr viele Menschen entgegen, allein oder in Gruppen, manche elegant, andere in Freizeitkleidung mit Regenumhängen. Fast alle hatten ihr Handy dabei, auf das sie unentwegt sahen. Sie hielten nur ab und zu an, um ein Bauwerk zu fotografieren, von dem sie vielleicht gelesen hatten. Was sie nur in Venedig suchten, wunderte sich Elisa. Oder hatten sie darüber gelesen, waren neugierig auf die Stadt mit ihren Kanälen und wollten wissen, ob die Realität wirklich so war. Also doch: Das zuvor Gelesene bestimmte das später Erlebte, und sie nahm sich vor, beim nächsten Regen darüber nachzudenken. Denn wirklich nachdenken konnte sie nur bei Regen und Nebel. Ihr wurde ein bisschen schwindelig ob all der Gedanken, die zu groß für einen einzigen Tag waren.

Sie atmete auf, als sie endlich vor dem Kloster von *San Francesco della Vigna* stand. Verwundert schaute sie sich um. Die umliegenden Gebäude waren längst zur Filmkulisse geworden, die Menschen hatten vor nichts mehr Respekt. Beim ersten Klingeln öffnete Fra' Giacomo selbst. »Elisa, wie schön, Sie wiederzusehen!« Im Eingangsraum roch es nach vergilbtem Papier, frischem Kaffee und Bohnerwachs. Am liebsten hätte Elisa sich in diesen Geruch eingehüllt und die Außenwelt nie wieder betreten. Zum Glück kannte fast niemand diese Bibliothek, die eines der letzten Geheimnisse Venedigs war. Fra' Giacomo hütete sie wie seinen Augapfel; nur er wusste, welche Schätze hier verborgen waren. Die wertvollen Bibliotheken aller aufgegebenen Klöster aus dem Veneto hatten hier einen angemessenen Aufbewahrungsort gefunden. Denn manche Klöster hatte bereits Napoleon während seiner kurzen Herrschaft Ende des 18. Jahrhunderts geschlossen, andere hatten schlichtweg Nachwuchsprobleme und schlossen ihre Tore für immer. Nicht auszudenken, was ohne San Francesco mit all den wertvollen Büchern passiert wäre!

»Wie geht es Ihnen?«, erkundigte sich Elisa mitfühlend. »Na ja. Darf ich Sie zu einem Kaffee einladen?« Gemeinsam gingen sie in das mit dunklem Holz ausgekleidete Refektorium. »Wissen Sie, dass zwei Krimis mit uns als Schauplatz erschienen sind?«, sagte Fra' Giacomo. »Und ein aufdringliches Filmteam war auch wieder da. Wenn es so weitergeht, wird unsere schöne Stadt nur noch Kulisse für die Vergnügungen der anderen sein.« Fra' Giacomo seufzte. »Aber nein, das muss man verhindern!«, rief Elisa aus. Ihr schien, als ob Fra' Giacomo etwas fülliger geworden wäre und gebeugter ging. »Ach wissen Sie, wir werden älter, und unsere Aufgaben werden mehr. Jetzt fehlt sogar der *parocco* in der Gemeinde, und wir Mönche müssen täglich die Messe lesen! Außerdem, Sie glauben gar nicht, wie viele alte und einsame alte Leute es in unserem *sestiere Castello* gibt! Und jetzt hat auch noch irgendein Investor einen begehrlichen Blick auf unser Klostergebäude geworfen. Um uns Mönche geht es mir ja nicht, sechs Menschen finden immer irgendwo Platz. Aber wo sollen die ganzen Bücher hin? Unsere Bibliothek platzt allmählich aus den Nähten, weil uns jetzt auch noch viele alte Menschen ihre Bücher übergeben. Manchmal sind richtige Schätze darunter. Sie werden alt, und ihre Kinder interessieren sich nicht mehr dafür.« Für Elisa war es ein unvorstellbarer Gedanke. »Aber wieso, Bücher kann man doch nicht einfach ablegen wie einen alten Mantel! Schließlich hat man mit ihnen sein Leben geteilt!« Mehr als mit vielen Menschen, dachte sie traurig. »Das sagen Sie so, liebe Elisa, weil Sie Bücher lieben und mit ihnen leben. Für viele

Menschen sind sie nur Ballast. Erst sind die Menschen Gott leid geworden, dann ihre Mitmenschen, und jetzt auch noch die Bücher. Keine Ahnung, wie es weitergehen wird mit dieser Welt!«

Fra' Giacomo hatte alle Bücher, für die kein Platz mehr war, im Vorraum der Bibliothek gestapelt. »Schauen Sie sich ruhig um«, forderte er Elisa auf, »und nehmen Sie mit, was Sie gern lesen würden.« Elisa öffnete behutsam die Hand und sah auf die rote Perle. Fra' Giacomo sah sie erstaunt an. »Eine Perle?« Elisa nickte stumm. »Da habe ich etwas für Sie.« Er zeigte auf einen bunten Stapel und wies auf einen schmalen Band ziemlich weit unten. Vorsichtig zog Elisa ihn hervor: Es war ein Buch über alte Perlen.

Fra' Giacomo hatte das Fenster zum *campo* geöffnet, und ein sanfter Wind wehte durch die Zypressen vor dem Kloster. Ein paar freche Möwen suchten in den Abfalltüten, die achtlose Besucher an die Ecke des *campo* gelehnt hatten. Schwarzweiße Seeschwalben schnatterten heftig, bevor sie wieder Richtung Lagune verschwanden. Elisa mochte die Tiere, weil sie mit ihren schwarzen Kappen und gelben Schnäbeln wie fröhliche Begleiter eines ständigen Karnevals aussahen.

»Ich habe einmal gelesen, dass es das Geheimnis einer wahren Bibliothek sei, dass die Lesenden auf unerklärliche Art und Weise genau das Buch finden, das ihr Leben in genau diesem Moment bereichern wird.« Fra' Giacomo sah Elisa wohlwollend an. »Aber nach meinen langjährigen Beobachtungen ist das gar kein Geheimnis, sondern ein inneres Gesetz, dass man in einem bestimmten Moment auf das richtige Buch trifft.«

»O ja, das habe ich mehr als einmal erlebt!«, stimmte Elisa zu. »Und auch deshalb sind Bücher für mich die besten Gefährten!« »Natürlich«, pflichtete Fra' Giacomo bei, »aber es sind stumme Gefährten, die uns zu den Menschen führen.«

Elisa fasste nach der roten Perle, die sie wieder in die Manteltasche gesteckt hatte. Fra' Giacomo hatte ihre Bewegung beobachtet. »Jetzt hat irgendeine geheime Macht Sie hierhergeführt, damit Sie vielleicht die Geschichte der roten Perle entdecken!« »Meinen Sie wirklich?« Der Mönch war im Viertel für seinen Glauben, nicht etwa für Ausflüge in den Aberglauben bekannt. »Sie wissen, wie sehr ich Bücher liebe, *carissima*, aber ich finde schon lange, dass Sie zu einsam sind. Vielleicht wird diese Perle Sie wieder zu den Menschen führen. Ich wage jetzt mal zu sagen, zur Liebe vielleicht?« »Ach was, Fra' Giacomo, ausgerechnet Sie müssen von Liebe reden!« »Natürlich, ausgerechnet ich, schließlich habe ich eine lange Erfahrung damit. Mehr als sich die meisten Menschen vorstellen können.« Der Mönch lächelte. Elisa packte das Buch in ihre Tasche und machte sich beschwingt auf den Heimweg. Ein paar Mal drehte sie sich um, weil sie glaubte, den dunklen Umhang des geheimnisvollen Mannes zu erkennen. Doch jedes Mal, wenn sie erwartungsvoll zurückblickte, stellte sie enttäuscht fest, dass er es doch nicht war. Zu Hause angekommen, setzte sie sich in den Garten und schlug das Buch auf. Es war die Geschichte eines Venezianers aus dem 19. Jahrhundert, der die Arbeit in seiner Glasbläserwerkstatt auf Murano beschrieb. Wie gern hätte er sich einmal auf die Suche nach den Perlen des Orients gemacht! Der unbekannte Meister beschrieb seine geliebte Werkstatt, durch die das milchige Nordlicht fiel, das die beste Voraussetzung für die Glasproduktion war. Er berichtete, wie er tagtäglich Soda, Sand und Mineralien, die Grundsubstanzen für Glas, sowie Holz für den Brennofen besorgte, und beschrieb, wie er mit gerissenen Händlern und langsamen Botenjungen stritt.

Im letzten Kapitel berichtete *maestro Gerolamo*, dass zur napoleonischen Zeit so mancher Glasmeister seine Schätze im

Garten vergraben hatte, um gar nicht in Versuchung zu geraten, die Geheimnisse seines Handwerks preiszugeben.
Als Elisa das Buch zur Hälfte gelesen hatte und die untergehende Sonne fantastische Lichter auf die ganze Stadt warf, ging sie in die Küche, um sich einen Tee zu kochen. Der Wasserhahn gab beängstigende gurgelnde Geräusche von sich, hatte aber nicht die geringste Absicht, sie auch mit Wasser zu versorgen. Viel zu alt, das blöde Ding, schimpfte Elisa, wahrscheinlich hoffnungslos verrostet. Sie seufzte. Schon lange war ihre Wohnung nicht mehr auf dem neuesten technischen Stand, aber sie konnte sich ja nicht um alles kümmern! Wenn etwas kaputt war, ließ sie es dabei bewenden und arrangierte sich damit. Zum Glück fiel ihr Eugenio ein, der Klempner in der *calle Sant' Antonio*, der sie immer so freundlich grüßte, wenn sie ihm in der *Lista di Spagna* begegnete. Hoffentlich konnte er gegen die geplatzte Leitung etwas ausrichten. Natürlich fand sie in ihrer Zetteldose seine Nummer nicht, es wäre ja auch ein Wunder gewesen. Zum zweiten Mal an diesem Tag griff sie nach ihrem Mantel, was ihr schon lange nicht mehr passiert war. Endlich hatte der Regen ganz aufgehört. Plötzlich war Elisa von einer großen inneren Freude erfüllt. Also gab es doch eine geheime Kraft, die wünschte, dass sie das Haus verließ und Menschen aufsuchte, und wenn es nur ein kaputter Wasserhahn war. Sie atmete tief durch. Nach dem Regen war die Luft viel frischer. Nach ein paar hundert Metern hatte sie die schmale, kaum beleuchtete Gasse erreicht. Eugenio war zu Hause und begrüßte sie überschwänglich. »Eugenio, ich hoffe, ich komme nicht ungelegen.« »Aber nein, Elisa, an solchen Regentagen überkommt mich immer tiefe Melancholie, ich freue mich, Sie zu sehen! Möchten Sie nicht hereinkommen?« »Ja, vielleicht, aber …« Bevor Elisa ein weiteres »Ich möchte nicht stören« murmeln konnte, war Eugenio voraus-

gegangen und hatte Teewasser aufgesetzt. Was für ein angenehmes Geräusch, Wasser, das aus der Leitung sprudelte! »Ich habe Sie schon ein paar Mal in der *Lista di Spagna* gesehen. Sie waren so in Gedanken versunken, dass Sie mich wahrscheinlich gar nicht bemerkt haben!« »Nein, das tut mir leid.« Verstohlen betrachtete sie den Mann, der vor ihr saß. Er war nicht mehr jung, aber er wirkte sportlich und durchtrainiert, mit dunklen, klugen Augen und vielen Lachfalten im Gesicht. Elisa lächelte. Eugenios Tee schmeckte köstlich, stark und ein bisschen nach fremden Gewürzen, die Elisa an den Orient erinnerten. »Ich fürchte, ich habe mein Haus etwas vernachlässigt, und jetzt straft es mich dafür. Der Wasserhahn hat seine Funktion aufgegeben …« Eugenio lachte. »O ja, Häuser sind wie Bücher, sie haben ein Eigenleben. Sie fordern unsere volle Aufmerksamkeit, sonst beginnen sie eine traurige Existenz und machen uns am Ende unglücklich damit!« Eine Welle des Wohlwollens war zwischen ihr und Eugenio zu spüren. »Morgen früh komme ich vorbei und repariere das Ding!« Strahlend war Elisa aufgestanden und war nach Hause geeilt. Mitten in der Nacht wachte sie auf und konnte es kaum erwarten, dass es Tag wurde. Plötzlich hörte sie wieder die Glocken der umliegenden Kirchen, sogar die weit entfernte der *Madonna dell' Orto*, die eigentlich ihre Lieblingskirche war.

Punkt neun Uhr klingelte Eugenio, stellte sein Handwerkszeug auf den Küchentisch, schraubte Hähne ab, montierte Dichtungen, ohne dass auch nur ein einziger Tropfen Wasser floss. »Der Schaden muss irgendwo im Garten sein«, verkündete er schließlich, »es ist nicht bloß der Hahn, die ganze Leitung ist verstopft. Wahrscheinlich irgendein Maulwurf im Garten.« Elisa griff sich ans Herz. Es war ungewohnt, dass ein Mensch sich in ihrer Wohnung aufhielt, aber sie genoss es auch. »Ich gehe kurz nach Hause, um anderes Werkzeug zu holen. So leid es mir tut, ich muss Ihren Garten aufgraben.« Seinem Instinkt folgend, hatte Eugenio an der richtigen Stelle zu graben begonnen, da, wo früher ein alter Brunnen gewesen sein musste, wie man an den Umrandungssteinen noch erkennen konnte. Es dauerte nur wenige Spatenstiche, bevor er auf etwas Hartes stieß. Als er die Stelle vorsichtig mit den Händen untersuchte, stieß er auf ein feuchtes braunes Gewebe. Im ersten Moment erschrak er, ließ sich aber nicht aus der Ruhe bringen. Plötzlich war ein leises Klirren zu hören, und fast stand ihm das Herz einen Augenblick still. Er sah Elisa an, die sich leise neben ihn gestellt hatte. Das braune Gewebe war so morsch, dass es ein Leichtes war, es mit bloßen Händen einzureißen. Eugenio und Elisa trauten ihren Augen nicht, als gläserne Perlen in allen Farben, manche auf Schnüren, andere lose und in Säckchen gebunden, herauskullerten. Die schönste Perle, rot mit goldenem Muster, hob Eugenio auf und legte sie in Elisas Hände.

»Es ist, als hätte ich geträumt«, murmelte Elisa, als sie später mit Eugenio an den großen Kanal gefahren war und mit ihm in den Sonnenuntergang blickte. »Das hast du auch«, sagte Eugenio, »auch der Traum ist ein Ausschnitt der Wirklichkeit.« »Und meine Bücher?«, fragte Elisa. »Und Marco Polo?« »Marco Polo ist einfach aus seinem Buch herausgesprungen, um dir ein bisschen Gesellschaft zu leisten. Zuerst hat er dir eine Perle geschenkt, und dann hat er dich zu mir geführt. Ich finde, wir sollten eine Kerze für ihn anzünden.« Elisa wusste nicht so recht, was sie von Eugenios Worten halten sollte. Aber glücklich schmiegte sie sich an ihn und beschloss, die beiden roten Perlen als Glücksbringer immer bei sich zu tragen.

Theresia Walser

Die Büchermauer

Wo immer ich etwas länger bin, steht neben meinem Bett eine kleine Mauer aus Büchern. Sie ist auf einmal da. Ohne dass ich sie extra bauen muss.

Man könnte sagen, sie entsteht als eine Art Nebenprodukt meines Lebens. So wie bei einem Freund, der mir einmal erzählte, dass, wo immer er lebt, irgendwann auf seinem Fensterbrett ein kleiner Urwald wächst.

Vor sechzehn Jahren lag ich drei Monate im Krankenhaus. Es dauerte nicht lange, bis auch dort neben meinem Bett die Büchermauer stand. Nicht allen gefiel das. Eine der Krankenschwestern schüttelte den Kopf, sobald sie das Zimmer betrat: Das ist immer noch ein Krankenhaus und kein … Sie beendete ihren Satz nie. Noch heute rätsle ich, wie dieser Satz hätte weitergehen können: Das ist immer noch ein Krankenhaus und kein Buchladen? Dieser Satz bleibt mir für immer hängen, wie eine abgebrochene Brücke.

Ich las damals *Auf der Suche nach der verlorenen Zeit* von Proust.

»Man kennt sein Glück nicht, man ist nie so unglücklich, wie man glaubt.« Dieser Satz traf mich in einer Situation, in der man glücklicher nicht hätte sein können: Ich war schwanger.

Eine meiner Bettnachbarinnen sagte mir damals, dass ich nachts im Schlaf rede.

Und? Was sage ich?

Es hört sich an wie ein Telefongespräch, am Ende lachst du dann.

Seit Wochen hing ich am Tropf und war froh, dass es wenigstens nachts etwas zu lachen gab. »Man kennt sein Glück nicht, man ist nie so unglücklich, wie man glaubt.«
Aus dem Fenster konnte ich manchmal beobachten, wie auf dem Krankhausparkplatz hochschwangere Frauen herumliefen. Wie konnten sie mit ihren großen Bäuchen überhaupt noch gehen? Mir drohte bei jedem Toilettengang eine Katastrophe. Ich war erst in der 27. Woche. Wenn möglich, sollte ich das Bett nicht verlassen.
Man kann von Glück sagen, wenn einen das richtige Buch im richtigen Moment findet! 4:30 Uhr, wenn es draußen gerade anfing, hell zu werden, knipste ich die Bettleuchte an und las mir flüsternd Proust vor, damit meine Zimmergenossinnen nicht wach wurden. Wir alle teilten das gleiche Schicksal: drohende Frühgeburt. Zu dritt lagen wir mit unseren Bäuchen in den Krankenbetten, wir waren nicht krank und trotzdem verzweifelt.
Olga kriegte fast jeden Tag Besuch aus ihrer Baptistengemeinde, die täglich für sie betete. Das Beten habe geholfen, sagte sie einmal, sonst wäre alles noch viel schlimmer. Marga war von uns dreien am weitesten, sie war bereits in der 32. Woche, ihr Kind würde immerhin schon selbstständig atmen können.
Mein morgendliches Proust-Flüstern schützte mich vor Bildern und Gedanken, die um 4:30 Uhr gnadenloser zuschlugen als sonst. Ich sah ein winziges Wesen vor mir an einer Atmungsmaschine hängen, einen Kampf führen, von der ersten Sekunde seines Lebens.
Während ich diese endlosen Proust'schen Sätze vor mich hin flüsterte, hatte ich das Gefühl, selbst ein Stück weit die Zeit in Händen zu halten. Wie oft hatte ich mich auf den nächsten Tag gefreut: Morgen komme ich vom Tropf. Ich werde als Ers-

tes eine Wespe erschlagen und dann werde ich meine Haare kämmen!

Am Ende hing die Fruchtblase wieder durch, wie ein Trichter, und die Cervix war wieder verkürzt. Dass in meiner Büchermauer vor dem Bett noch weitere Proust-Bände auf mich warteten, beruhigte mich. Die Vorstellung, mit einem Buch zu Ende und trotzdem noch weiter ans Bett gefesselt zu sein, war quälend.

Prousts Sätze trugen mich damals über all diese Tage und Wochen, die ich zählte wie eine Gefangene, die auf ihre Entlassung wartet.

Letztlich ging alles gut, und erst viel später fiel mir auf, dass auch Proust ein Dauerlieger war. Seine *Recherche* schrieb er im Liegen.

Meine Büchermauer zu Hause hat, wie es sich für eine Mauer gehört, ein Fundament. Der obere Teil der Mauer verändert sich immer wieder. Das Fundament bilden vor allem die Tagebücher von Virginia Woolf, Faulkners *Licht im August* und *Schall und Wahn*. Und immer irgendwo ein paar Schriften von Freud. Ein Dutzend Genazinos stecken in meiner Mauer, ein paar Bücher von Lydia Davis, genauso wie meine zwei Sibyllen – die Lewitscharoff'sche und die Berg'sche. Wobei auch das Fundament immer wieder Umschichtungen ausgesetzt ist. Neulich erst fand ich dort Becketts dramatische Dichtung in drei Sprachen wieder. Schließlich ist meine Mauer keine feste Trutzburg, es kann passieren, dass sie alle halbe Jahre einmal komplett zusammenbricht und ich vor einem Bücherhaufen stehe. Man könnte sagen, das Einstürzen meiner Mauer gehört zu ihrem Prinzip. Von Anbeginn ist sie umsturzgefährdet.

Natürlich eignen sich manche Bücher als Mauerfundament besser als andere, weswegen seit Jahren der immer wieder angelesene *Don Quichotte* ganz unten liegt.

Ähnlich wie in Schweizer Gebirgssteinmäuerchen schiebe ich – nicht nur der Stabilität wegen – längs ein paar schmalere Lyrikbände von Poschmann, Scheuermann, Tranströmer und Heaney dazwischen. Wobei manche dickere Lyrikbücher, wie die von Jan Wagner, auch im Fundament zu finden sind. Allein die Anwesenheit meiner Büchermauer gibt mir Halt, daran habe ich nicht den geringsten Zweifel. Dass sie immer wieder zusammenkracht, ist nicht weiter schlimm. Meine Büchermauer hat, wenn man so will, eine innere Stützfunktion. Anders als Bücherregale, in denen Bücher oftmals Jahrzehnte lang in ihrer Ordnung erstarren, ist meine Büchermauer einer ständigen Umstapelei ausgesetzt. Die Büchermauer von letztem Jahr war eine andere als meine diesjährige Büchermauer. Es finden sich darin meine jeweiligen Lieblingsbegleiterinnen und -begleiter.

Es genügt ein beiläufiger Blick beim Aufwachen auf meine Mauer, und ich höre Genazino beim Planen seines privaten Blätterzimmers zu und wie Virginia Woolf sich im Morgengrauen nach durchschriebener Nacht in der Badewanne selbst ihre Texte vorliest, oder Lydia Davis, die einer ihrer Küchenmaschinen gerade wieder eine Nachricht ablauscht – augenblicklich fühle ich mich dann von diesen Stimmen belebt.

Mit Sicherheit ist es die einzige Mauer der Welt, die einem den Blick fürs Leben weitet.

Karl-Heinz Ott
Der Betrunkene in der Bibliothek

Seit Jahren kommt mir immer wieder eine Szene in den Sinn aus Scott Fitzgeralds *Der große Gatsby.* Diese Szene ist ziemlich kurz und für den weiteren Handlungsverlauf spielt sie keinerlei Rolle. Doch was heißt schon Rolle spielen? Gute Romane sind ja nicht deshalb gut, weil sie mit einem tollen Plot aufwarten, sondern weil ihre Sprache, ihre Bilder, ihre Gedanken, ihre Beobachtungen und ihr Atmosphärisches uns packen. Bei vielen Romanen erinnere ich mich kaum noch, worum es eigentlich ging, dafür aber meist an die Zeit, als ich sie gelesen habe – als Jugendlicher auf dem Sofa daheim oder im Garten hinterm Haus, während des Studiums am nächtlich verwaisten WG-Küchentisch oder am Meer oder im Zug, selten einmal auch im Flugzeug. Ihre Titel und die Namen der Autoren lassen in mir sofort etwas von der Stimmung wiederaufleben, die das Buch damals erzeugt hat – selbst wenn mir die Geschichte weitgehend entfallen ist. Größtenteils vergesse ich auch die Namen der Hauptfiguren, außer natürlich, wenn sie bereits im Titel auftauchen: Gatsby, Stiller, Mrs Dalloway. Allerdings bleiben mir häufig einzelne Bilder, Sätze und Formulierungen haften. Wie etwa jene Szene, in der zwei Partygäste auf der Suche nach ihrem Gastgeber, Mr Gatsby, durch sein luxuriöses Anwesen schweifen und plötzlich vor einer bedeutsam aussehenden Tür stehen. Als sie schauen, was sich dahinter verbirgt, sind sie von Büchern umringt. Auf einer Tischkante sitzt ein dicklicher Mann mit Eulen-Brille, der leicht schwankend auf die vielen Regale starrt. Schließlich mustert er die beiden von oben bis unten und sagt: »Was denken

Sie?« Die beiden wissen nicht, was er meint. »Sie sind echt«, sagt der Betrunkene, »absolut echt, ich zeig's Ihnen.« Er zieht ein Buch heraus, reicht es den beiden, nimmt es ihnen aber sogleich wieder weg und stellt es zurück. »Wenn man einen einzigen Stein herausnimmt, fällt alles zusammen«, erklärt er. Bevor die beiden sich wieder davonmachen, sagt er: »Ich bin seit einer Woche betrunken. Ich dachte, wenn ich mich hier in die Bibliothek setze, werde ich wieder nüchtern.«

Mehr geschieht nicht. Und weder davor noch danach ist je von dieser Bibliothek die Rede. Auch den Betrunkenen sehen die beiden lediglich bei Mr Gatsbys Beerdigung wieder, zu der sich nur ein jämmerliches Häuflein einfindet – ganz anders als einst bei seinen Partys. Dort war Alkohol in Strömen geflossen, es hatten ganze Orchester aufgespielt, die Buffets waren überbordet von lukullischen Genüssen; Opulenz, wohin man blickte. Weil bei Gatsby alles auf Glitzer und Glamour getrimmt war, nimmt es nicht wunder, dass den Betrunkenen die Echtheit dieser Bücher erstaunt. Allerdings muss er bei dem herausgezogenen Exemplar feststellen, dass es nicht aufgeschnitten ist. Doch immerhin, es ist keine Attrappe.

Diese Szene hat etwas Groteskes, Komisches und auch ein wenig Geisterhaftes. Und trotzdem – oder gerade deshalb – berührt sie mich. Dass dieser Betrunkene sich während eines rauschenden Festes in die Bibliothek verzieht und Bücher anstiert, besitzt etwas von einem merkwürdigen Friedensbild – einem Friedensbild, das wenig mit Harmonie und Glück zu tun hat. Friedlich mutet allenfalls die Stille, die Abgeschiedenheit, ja fast könnte man sagen Jenseitigkeit dieses Ortes an, an dem der Betrunkene wieder einen klareren Kopf bekommen will – und damit auch festeren Boden unter den Füßen. Man würde über diesen Mann gern mehr erfahren. Andererseits drohte damit das Rätselhafte dieser Szene zerstört zu werden.

Dabei ist an ihr nichts wirklich geheimnisvoll. Dieser Mann, könnte man sagen, sitzt im Auge des Taifuns. Wenige Schritte nebenan tobt der Bär, während er sich auf eine Insel ganz eigener Art zurückzieht.

Ich selbst suche nichts lieber auf als Bibliotheken, vor allem solche schönen, wie es sie häufiger als hier in England und Amerika gibt. Bin ich alle paar Jahre einmal in Boston, gehe ich als Erstes in die Public Library. Nicht um etwas zu recherchieren, sondern nur, um hier und dort ein Buch aus dem Regal zu ziehen, darin zu blättern oder mich damit eine Weile an einen Tisch zu setzen. Ich gehe in Bibliotheken, wie ich manchmal in Kirchen gehe, ohne zu beten. Auch die Boston Public Library könnte eine Kirche sein – mit ihren mächtigen Deckengewölben, ihren rostbraunen Holzvertäfelungen, ihren hohen Bogenfenstern und ihrem klösterlich anmutenden Innenhof. Nur stehen dort statt Kirchenbänken Tische mit smaragdgrünen Lampen, die den riesigen Raum fast märchenhaft illuminieren.

Ist es Zufall, dass in Bibliotheken eine ähnliche Stille herrscht wie in Kirchen? Und dass diese Stille sich umso eindrucksvoller ausnimmt, je mehr Leute dort versammelt sind? Und dass die respektheischenden, vom Boden bis zur Decke reichenden Folianten mit ihren dunkel glänzenden Rücken eine Aura entfalten, die einen schweigen oder bloß noch flüstern lässt? Und dass einen dabei ein Gefühl von Andacht überkommt? Nur dass diese Andacht keinem Gott gilt, sondern einem Universum aus Gedanken, die alles umspannen, vom Himmel bis zur Hölle.

Im Nachhinein bin ich froh, auf dem Dorf aufgewachsen zu sein. Zum Dorf gehört Langeweile. Jedenfalls war das noch so vor fünfzig Jahren, als es kein Facebook gab und kein Instagram – und nicht einmal in jedem Haushalt ein Telefon. Um der Langeweile zu entkommen, gab es für mich nur eines – Bücher. Seither kenne ich keine Langeweile mehr; zumindest keine, die lange anhält. Schon während der Schulzeit ging ich häufig nicht ans Telefon und machte nicht die Tür auf, wenn es klingelte und Freunde draußen standen. So gern ich mit ihnen etwas unternahm, so sehr bedurfte ich der Tage und Stunden, die mit Lesen vergingen.

Wer von Büchern umgeben ist, ist nie allein. Beim Lesen wird er Teil all jener Welten, die sich vor seinem inneren Auge entfalten. Er lebt mit ihren Figuren, denkt ihre Gedanken, empfindet wie sie, fühlt wie sie – oder sträubt sich gegen sie und widerspricht ihnen. Bücher bringen unsere Gedanken ungehemmt zum Laufen. Indem wir lesen, lesen wir in uns selbst. Bücher sind unsere Spiegel. Das Beste daran aber ist, dass uns das überhaupt nicht bewusst sein muss und wir uns einfach in ihnen verlieren. Würde es nicht an den Jargon esoterischer Salbader erinnern, könnte man sagen: Sich-Verlieren und Sich-Erkennen spielen dabei aufs engste zusammen.

Blicken einen von allen Seiten Bücher an, könnte einem fast schwindlig werden – auf seltsam beruhigende Weise. Ehrfurcht und Andacht liegen nah beieinander. Man wähnt sich in andere Sphären versetzt, in Sphären, die nicht von der Welt wegführen, sondern sie in einer Art Konzentrat enthalten. Allerdings kündet auch die Hülle und Fülle so vieler gespeicherter Gedanken von einer gewissen Vanitas. Denn sie alle erzählen uns hinter der Hand, dass unser ganzes Sinnen und Wissen etwas Vergebliches besitzt. Nicht zufällig bildet den Beginn unserer Literatur jene *Odyssee* von Homer, die von nichts als Irrfahrten erzählt und davon, dass auch das Ankommen kein Glück beschert.

Zu dem Wenigen, was mir im *Großen Gatsby* außer dieser Bibliotheksszene geblieben ist, gehört der letzte Satz des Romans.

Er lautet: »So we beat on, boats against the current, borne back ceaselessly into the past.« So rhythmisch, wie dieser Satz mit seinen vielen Silbenspielen dahinschwingt, könnte es sich auch um Verse handeln. Eine mögliche Übersetzung lautet: »So kämpfen wir uns voran, gleich Booten gegen die Strömung, unablässig zurückgetrieben ins hinter uns Liegende.« Alles andere ist mir weitgehend entfallen. Doch ich weiß, wie sehr dieser Roman mich gebannt hat. Und der Betrunkene, habe ich das Gefühl, sitzt dort noch immer.

Franziska Wolffheim

Die verrückte Bibliothek

Seit er in Rente war, wurde Felix Krüger immer mehr zum Grottenolm. Jedenfalls sagten das die wenigen Freunde, die er noch hatte. Viele Jahre hatte er als Literaturdozent gearbeitet, mit seinen Studenten leidenschaftlich diskutiert, etwa über Formen der Weltverneinung im Werk von Thomas Bernhard – einem Autor, der ihm besonders am Herzen lag. Jetzt ging er kaum noch aus und verbrachte die meiste Zeit in seinem geräumigen Bibliothekszimmer. Seit Jahr und Tag pflegte er seine Bücher, staubte sie liebevoll ab, obwohl er dabei hin und wieder einen Niesanfall bekam. Peinlich achtete er darauf, dass die Bücher in gerader Reihe angeordnet waren, wenn eines zu weit vorstand, wurde es sofort wieder auf Linie gebracht. Die Titel waren nach Autoren und Ländern geordnet, und er musste nicht lange suchen, wenn er ein Buch brauchte, er kannte jeden Titel.

Früher war Felix Krüger viel gereist, auf allen Kontinenten, und hier und da hatte er eine Affäre gehabt. Manchmal kam ihn eine dieser Frauen später in Köln besuchen und stellte die unvermeidliche Frage, ob er das alles gelesen habe. Was sollte er sagen? Wenn er bejahte, könnte sie ihn für einen Angeber halten, wenn er verneinte, würde sie denken, er sei ein Hochstapler. Also hat er irgendeine Verlegenheitsantwort gemurmelt, na ja, einen Teil, oder so ähnlich. Seit er in Rente war, hatte er das Reisen vernachlässigt, seine Bibliothek war für ihn wie ein Haustier, ausgesprochen pflegeintensiv.

Seit einiger Zeit stimmte jedoch etwas nicht. Wenn er morgens in das Bibliothekszimmer kam, sah er, dass ein paar Romane kopfstanden. Oder er bemerkte, wenn er ein Buch zur Hand nahm, dass darin ein Buchstabe komplett verschwunden war. Das las sich dann so: »Als Grgor Samsa ins Morgns aus unruhign Träumn rwacht, fand r sich in sinm Btt zu inm unghurn Ungzifr vrwandlt.« Manchmal waren auch die Buchtitel verändert, meist nicht sehr vorteilhaft, auf dem Cover stand jetzt etwa »Die unerträgliche Leichtigkeit des Schleims« oder »Also sprach Zarah Leander« oder »Die satanische Ferse«.

Manche Bücher waren im Umfang geschrumpft, »Krieg und Frieden« hatte nur noch lächerliche 50 Seiten, der Krieg war ruckzuck zu Ende, was sicher auch besser so war. Dafür waren andere Bücher zu regelrechten Ziegeln angewachsen, weil sich die Handlung munter fortsetzte. Madame Bovary hatte mitnichten Arsen geschluckt, sondern lebte fröhlich eine offene Ehe mit diversen Liebhabern und Liebhaberinnen, und auch ihr Ehemann, der trottelige Charles, hatte es endlich geschafft, eine Frau an Land zu ziehen. In einem anderen Roman waren zwei Plots ineinander verschmolzen: Tony Buddenbrook lag in eine dicke Decke gehüllt auf dem Zauberberg und hoffte, ihrem verhassten Gatten Bendix Grünlich mit der unübersehbaren Warze im Gesicht möglichst nie wieder zu begegnen. Und sich nie wieder Sätze von ihm anhören zu müssen wie »Diese Klatschrosen dort drüben putzen ganz ungemein …«. Dann gab es in der Bibliothek Bücher, aus denen jetzt Wurzeln herauswuchsen, deren Verästelungen sich in den Regalböden festsetzten. Felix Krüger konnte sie nur unter Mühen von den Böden wegrupfen, so als seien sie Unkraut.

Er beobachtete die Veränderungen jeden Morgen mit Argwohn. Mitunter befürchtete er, womöglich zu spinnen, und machte vorsorglich einen Termin beim Neurologen, der jedoch nichts Ungewöhnliches feststellen konnte. Trotzdem war Felix Krüger alles andere als beruhigt. Seine Bibliothek, die geliebte Bibliothek, führte ein Eigenleben, und er, der sich gern als Büchernarr bezeichnete, wurde von seinen eigenen Büchern genarrt.

Also beschloss Felix Krüger, eine Nacht in seiner Bibliothek zu verbringen und zu spionieren. Am Abend legte er eine Luftmatratze auf den Boden und versuchte, nicht einzuschlafen. Nach kurzer Zeit hörte er ein seltsames Geräusch, ein düsteres Krächzen. War das etwa Edgar Allan Poes unheilvoller Rabe? Saß das Vieh jetzt in seinem Bücherregal? Er traute sich nicht nachzusehen. Darauf folgte ein ohrenbetäubendes Schnarchen, das, wie er annahm, von Iwan Gontscharows trägem Oblomow kam, und einen Moment beneidete er den dauerentspannten Adeligen. Nach einer Pause fiel, wie aus dem Nichts, ein Schuss, und Felix Krüger zuckte zusammen. Er hatte Albert Camus' abgedrehten Roman »Der Fremde« nie gemocht, aber dass Monsieur Meursault jetzt auch bei ihm zu Hause rumballerte, ging entschieden zu weit. Fluchend setzte er sich auf die Bettkante und knipste das Licht an. Dann schaute er an den Bücherreihen entlang, die unverändert aussahen. Schließlich legte er sich wieder hin, lag eine Weile im Dämmerzustand, umwölkt, wie es ihm schien, vom Duft arabischer Gewürze, das konnte nur Rafik Schami, das alte Schlitzohr, sein, der sich mit ihm einen Spaß erlaubte. Erst am frühen Morgen schlief er ein.

Als Felix Krüger schließlich gerädert aufwachte, beschloss er, dem Spuk ein Ende zu setzen. Aus dem Keller holte er einen großen Stapel Umzugskisten, die er dort schon länger gebunkert hatte,und packte Buch für Buch in die Kisten. Manchmal hielt er inne, eine große Wehmut beschlich ihn angesichts der immer leerer werdenden Regale. Was sollte er jetzt mit den Brettern machen – sie verkaufen oder mit neuen Büchern füllen? Vielleicht würden die Neuzugänge ebenfalls ausflippen, so wie ihre Vorgänger. Also nichts wie weg mit den Quälgeistern.

Sobald er fertig war, rief Felix Krüger einen Antiquar an, dem er vor kurzem eine Gesamtausgabe Patricia Highsmith abgekauft hatte. Der Mann, ein ziegenbärtiger Hänfling, holte die Kisten noch am selben Abend ab. Felix Krüger überlegte einen Moment, ob die übellaunige Highsmith seine Bibliothek verhext hatte, aber der Gedanke war müßig, und jetzt lag die exzentrische Amerikanerin eh auf dem Boden eines Pappkartons.

In der folgenden Nacht konnte er endlich wieder gut schlafen. Seine Träume, die in der letzten Zeit chaotisch gewesen waren, beruhigten sich. Er träumte von Reisen an Orte, die er besonders mochte, St. Peter-Ording an der Nordsee, den Lago Maggiore oder die alte Inka-Stadt Machu Picchu in den Anden. Am Morgen wachte er erfrischt auf und machte einen langen Spaziergang am Rhein entlang. Entspannt segelte er durch die nächsten Tage, traf sich mit ehemaligen Studentinnen, setzte sich in sein Lieblingscafé, in dem er seit langem keinen Espresso mehr getrunken hatte.

Doch schon bald war die neue Leichtigkeit dahin. Nach einer Woche hörte er nachts von seinem Bett aus seltsame rumpelnde Geräusche, die von weiter weg kamen; er war aber zu müde, um nachzusehen. Am nächsten Morgen schlich er um das Bibliothekszimmer herum – er nannte den Raum immer noch so, obwohl er ihn ja geräumt hatte. Erst nach einer Weile traute er sich hinein und erstarrte. Alle Regale waren wieder gefüllt, die Bücher standen sogar noch enger zusammen als vorher. Argwöhnisch trat er näher und bemerkte, dass er einige Neuzugänge hatte. Da stand Bruce Chatwins »In Patagonien« neben Daniel Defoes »Robinson Crusoe«, Paul Austers »New York-Trilogie« (wollte er schon immer lesen) neben Marion

Zimmer Bradleys »Die Nebel von Avalon« (die brauchte er wirklich nicht!).
Er blätterte in dem Chatwin-Band, und plötzlich fiel aus den Seiten ein Flugticket nach Argentinien heraus, Frankfurt – Buenos Aires, nur der Hinflug. Auch Paul Auster überraschte ihn mit einer Einladung, es gab ein Schiffs- und ein Flugticket nach New York, er konnte wählen; Daniel Defoe bot einen Segelturn vor Amerikas Küsten an. Nur aus Avalon, wo auch immer das lag, kam keine Einladung. Felix Krüger schaute auf die Daten der Tickets. Bereits in einer Woche sollte er von Frankfurt nach Buenos Aires fliegen. Er merkte, wie sich sein Herz aufblähte, die Reiselust überfiel ihn, endlich wieder. Sollten die Bücher sich doch gegenseitig auf den Geist gehen. Nichts wie weg.

Jakob Haringer

Von der Einsamkeit und den Büchern

Wo sind die Menschen, die jahrelang auf dich warten, bis du kommst, bis sie endlich dich gefangen nehmen, bezaubern und doch – dich reich, groß und frei machen dürfen?
Die Einzigen, die deine Liebe lohnen, die immer da sind, dich zu trösten, die immer auf dich warten: die Bücher.
O feines, zartes und heiteres Glück: lesen! Du sitzt unter Menschen, einsam lächelnd über ihr Treiben. Du denkst: wär ich fort, wär ich allein bei meinen Büchern – bei ihren Sehnsüchten, Träumereien und Seligkeiten. Wunderwelten, unerschöpfliche Schätze warten auf mich – meine Bücher. Die Menschen – die Freunde und die Liebste – ihre Weine und ihre Tugend – enttäuschen. Ihre Denkmäler verfallen, ihr Reichtum ist vergänglich, aber ihre Träume überdauern tausend Jahre: in den Büchern.
Ihr grüßt mich: Robinson und Rübezahl. Mit Euch, ihr süßen gruseligen Märchen, steigt die Kindheit wieder vor mir auf: der Knabe, der auf sommerlichen Wiesen über Jean Paul träumte, der vom kargen Taschengeld Bücher kaufte, die er mit sich herumschleppte im Rucksack, in der Manteltasche – überall hin. Er verstand viele nicht, aber er blätterte drin herum und freute sich am bunten Einband und an neuen seltsamen Worten. Glück: Bücher aufzutreiben, auf den Boden zu schleppen und aufzustapeln. Seligkeit: einsam darin zu wühlen und zu lesen, während der Mairegen auf das Dach prasselte.
Die Sammlung meiner Jugend ging verloren – verloren wie alles, was ich einst mein Eigen nannte. Aber ist nicht jedes Buch,

das man entdeckt, wie eine Eroberung, die einem niemand wieder rauben kann?
Ich habe seither viele Bücher gekauft auf den Bücherwägen in Berlin, am Quai in Paris, in Kopenhagen, in Wien und in Rom – sie sind alle wieder verschleudert worden in Zeiten der Not.
Aber das Glück der Stunden, in denen ich an den Karren geschmökert habe, in denen ich in Anlagen einsam in der Sonne las, in denen ich im Nachtschnellzug ein neu erworbenes Buch verschlungen habe, das kann man mir nicht mehr nehmen.
Ein Buch, das mir einst Tröster war im Leid, ist wie ein alter Kamerad, den ich freudig begrüße, wenn ich ihn irgendwo in irgendwelcher Gestalt wieder treffe. Aus dem Buch ist ein lebendes Wesen geworden, leidend, mitleidend, trostreich.
Viele haben ein Zuhause und darin ihren Bücherschrank, aber er ist stets verschlossen. Sie haben immer viel Zeit, aber vor den Büchern haben sie ein wenig Angst.
Oder fürchten die Bücher sich vor ihnen? Ich habe einen Bekannten, der seine liebsten Bücher im Geldschrank aufbewahrt. »Damit kein Staub darauf fällt«, sagt er.
Freilich, manchem haben die Bücher die Jugend genommen und das Leben. Ach – es wäre besser, man bliebe ein Kind und träumte über dunkeln Büchern von der Welt.
Ich habe keine Wünsche, es bleibt doch nichts von allem Besitz, man kann nichts mitnehmen dorthin – gar nichts. Aber ich möchte nicht in den Himmel, wenn dort keine Bücher sind – und wären es nur die Sterne – Gottes ewige Blindenschrift …

Kurt Tucholsky

Bibliothekskadaver

Sauber ausgerichtet stehen die Buchreihen – die Rücken glänzen matt. So viel Wissen, so viel Mühe, so viel Liebe steckt darin. Liebe des Autors und Liebe des Lesers. Die Bibliothek der verheirateten Herren wird jeden Morgen gut abgestaubt, die der Junggesellen hier und da geradegerückt – auf alle Fälle ist sie da. Wann wird sie gelesen?

Hermann Hesse hat einmal vor Jahren, als er noch seine ausgezeichneten Buchbesprechungen in dem verblichenen »*März*« schrieb, eine Sortierung seiner Bücher vorgenommen und erzählt, was er alles nicht mehr haben und was er behalten möchte. Vorliebe erkaltet, Neigungen schlafen ein, Bücher, mit denen man wie verheiratet war, werden einem schließlich stumpf, reizlos, gleichgültig, und man liebelt mit neuen. Aber selbst abgesehen von der Frage des Zeitablaufs: wie viel tote Bücher hat jeder in den Regalen stehen, wie viel Attrappen, wie viel Kadaver! Und man kann sich nicht entschließen, sie herzugeben.

Daß es jemand, der von seines Geistes Arbeit lebt, heut fast unmöglich wird, Bücher zu kaufen, ist eine andre Sache – eine andre auch die Tragik der gepeitschten Bücherverkäufer, die, um wieder eine Woche leben zu können, die guten alten Lederbände hergeben. Aber das steht nun dort, und wir sehen jeden Morgen fast gewohnheitsmäßig hin, sind beruhigt, daß noch alles da ist, und fassen es nie an. Und ich bin überzeugt, daß den meisten etwas fehlte, wenn man ihnen die toten Bücher wegnähme – es ist so eine Art Rückendeckung: Nie liest du darin – aber sie sind doch da! So legt sich der Examinand

das Geschichtsbuch unters Kopfkissen und schläft mit dem tröstlichen Bewußtsein der wissenschaftlichen Nähe ein …
Wenn sie den Nachlaß ordnen, werden sie staunen über die Vielfältigkeit deiner Interessen. Und wissen nicht, daß du jahre-, jahrzehntelang die Bände reihenweise nicht mehr angerührt hast – sie hatten nur dagestanden, wirkungsvolles Relief für Heimfotografien. Oder mehr? Seltsames Gefühl, so ein totes Buch noch einmal aufzuschlagen, wie der alte Mann in »*Immensee*« tut: »Dann rückte er auch den Stuhl zum Tische, nahm eins der aufgeschlagenen Bücher und vertiefte sich in Studien, an denen er einst die Kraft seiner Jugend geübt hatte.«
Streiche liebevoll über die Rücken. Im Gleiten liest deine Hand noch einmal alles, was du je geliebt.

Hanns-Josef Ortheil

Ich löse meine Bibliothek auf

Alle drei bis vier Jahre löse ich meine Bibliothek auf. Ich gehe (rutsche, krieche auf den Knien) an den vielen Regalen entlang, lese jeden (aber auch jeden!) Buchrücken und nehme manche Bücher wieder in die Hand. Jedes einzelne von ihnen hat eine Geschichte (die seines Erwerbs, seiner Lektüre, seiner Nicht-Lektüre, seines Dösens und Wartens ...).

Ich erinnere diese Geschichte kurz und wäge in Sekundenbruchteilen ab, wie es mit ihm weitergeht: Soll es noch mehr Zeit mit mir verbringen, wäre es anderswo besser aufgehoben oder ordne ich es an anderer Stelle ein (wo es mehr Chancen hat, bald genauer gelesen zu werden)?

Meine Bibliothek hat viele unterschiedliche Zonen: Bücher, mit denen ich ununterbrochen Kontakt halte, Bücher nahe dem Garten (sie werden oft draußen im Freien gelesen), Bücher, die eine Tendenz zum Musikalischen oder zur Musik haben, oder Bücher, die ich aus einer bloßen Laune heraus nachts lese (als könnte ich mich tagsüber nicht mit ihnen sehen lassen ... – oder als legten sie es darauf an, mich unbedingt nachts zu fesseln ...).

Die Bibliothek aufzulösen, meint also: Ich ordne sie neu, sondiere manche (zum Verschenken) aus und mache dadurch den anderen Platz, damit möglichst bald neue Exemplare einziehen können. Ich besitze lange Listen, die das Erscheinen und Verschwinden der Bücher genau vermerken. Die Auflösung meiner Bibliothek nimmt also viel Zeit in Anspruch. Sie ist erst beendet, wenn ich ein ausführliches Gespräch mit all meinen Büchern geführt habe.

Wie ernsthaft die meisten mich begleiten! Wie steif und gesetzt sie herumstehen und ihr Satzfutter oft jahrelang wiederkäuen! Und wie munter die eher abwegigen sich die Zeit vertreiben! Ganz zu schweigen von den elementaren, die eine Welt tragen und kein Verschieben oder Umordnen hinnehmen, sondern sich in einem solchen Fall rächen.
Ich sollte eine Geschichte der unterschiedlichen Büchercharaktere schreiben: Welche »Beziehung« ich zu ihnen unterhalte oder aufbaue, wie ich sie füttere, wie ich sie (in Krisenfällen) zu therapieren versuche, wie ich mit manchen von ihnen »täglichen Umgang pflege« …

Petra Hardt

Hommage an die Berufsleserinnen und Berufsleser

Laut UNESCO werden jährlich weltweit 1 793 000 neue Bücher veröffentlicht. Das sind mehr als 4900 Bücher pro Tag. Bevor diese Bücher erscheinen können, müssen sie gelesen werden: als Entwürfe, Exposés und unveröffentlichte Manuskripte. Die Aufgabe des Lesens vor einer eventuellen Veröffentlichung fällt zunächst an die Lektoren und Programmverantwortlichen in den Verlagshäusern, danach an die Mitarbeiterinnen und Mitarbeiter in Vertrieb, Herstellung, Werbung, Presse, Rechte und Lizenzen.

Es handelt sich bei diesen Berufslesern um ein globales Kollektiv von Lesesüchtigen. Zu den Menschen, die in Verlagen arbeiten, kommen die literarischen Agenten und Scouts hinzu. Vor der Bewerbung für eine Arbeitsstelle in einem Verlag oder in einer Agentur sollte man neben anderen Qualifikationen an dieser schwer heilbaren Sucht erkrankt sein. Meine Gespräche mit vielen Berufslesern in verschiedenen Ländern haben ergeben, dass sich die Lesesucht bei den meisten Verlagsmitarbeitern, Agenten, Buchhändlern und Kritikern bereits im Grundschulalter ausbildet. Es sind die Kinder, die mindestens zweimal in der Woche in die öffentlichen Büchereien rennen, die unter der Bettdecke lesen, die ungeachtet medialer Angebote immer mit einem Buch zu sehen sind. Es sind die Menschen, die oftmals ein geisteswissenschaftliches Studium anstreben, wo sie ihrer Sucht ungehindert und im besten Fall mit einem Studienabschluss nachgehen können. In den europäischen Ländern wird die Leselust zudem bereits im frühen Lesealter staatlich großzügig subventioniert durch Lesewettbewerbe, Vorleseaktionen, Gewinnspiele mit Büchern, lokale Lesemarathons. In der Grundschule lernen die Kinder Slogans wie »Lesen macht Spaß« und »Die Buchstaben nehmen uns in den Arm«. Der Kinderbuchmarkt ist in allen Ländern der Erde ein Wachstumsmarkt, auch wenn er sich nicht immer demographisch abbildet. In den arabischen und afrikanischen Staaten gehen Mitarbeiter der Kulturbehörden zu den Familien und verschenken Bücher, um die Kinder von den Streaming-Diensten in die Schrift zu locken. Auch die Urheber und Urheberinnen des Lese-Stoffes sind in der Regel Sucht-Leser. In ihrer Rede zur Verleihung des Schillerpreises der Stadt Mannheim erzählte Emine Sevgi Özdamar anschaulich, wie die sehr frühe Lektüre von Schillers *Wilhelm Tell* sie zum Lesen und Theater brachte. Der Lehrer hatte ihre Mutter darin unterstützt, die intellektuellen Fähigkeiten ihrer Tochter zu fördern, und empfahl ihr den Besuch einer guten Buchhandlung in Istanbul, wo wiederum der Buchhändler die gerade erschienene türkische Übersetzung von *Wilhelm Tell* verkaufen wollte.

Liest die Leserin oder der Leser, was ihr oder ihm geschenkt wird, was der Rezensent empfiehlt, was auf den Bestsellerlisten steht, und kann sie oder er das Buch jederzeit bei Nichtgefallen weglegen, weiterschenken oder in einen Bücherbaum stellen, so müssen die Lektorinnen und Lektoren unabhängig von ihrem persönlichen Geschmack alles lesen, was eventuell für eine Veröffentlichung in ihrem Verlag in Frage kommt. Ist die Programmentscheidung dann zugunsten des eingereichten Manuskripts gefallen, sind die operativen Abteilungen an der Reihe. Und hier kommt zu der Sucht des Lesens, von der man befallen sein muss, um freiwillig 300 bis 500 Manuskripte pro Jahr zu lesen, noch ein Leidensdruck dazu. Denn nicht alles, was das Lektorat für die Programmlisten ausgewählt hat, gefällt den Fachleuten in den Abteilungen, Vertrieb, Herstellung, Werbung, Presse, Lizenzen. Aber sie müssen es lesen, um es herzustellen, zu bewerben, im Buchhandel und für Lizenzen zu verbreiten.

Lesen ist eine Dichotomie. Es ist ein einsames Geschäft, und dennoch ist man umgeben von Figuren, mit denen man lebt, die man in sein Leben hineinlässt und die einen manchmal nie wieder verlassen. Um der Einsamkeit des Lesens zu entgehen, schließen sich viele Menschen Lesegruppen an, und natürlich möchte man dem Buchclub mit Jane Fonda, Diane Keaton, Candice Bergen und Mary Steenburgen angehören. Buchempfehlungen haben im Netz Hochkonjunktur, und mittlerweile gibt es bei TikTok BookTok mit eigenen Bestsellerlisten. Die professionellen Leser sind mit ihrer Lektüre weniger einsam. Sie müssen über den Inhalt sprechen, um dem Buch eine Marktchance zu geben, im Buchhandel, mit internationalen Verlagen für Übersetzungen, in der Presse, bei Juroren und vielen Menschen in der weltweiten Literaturverbreitung.

Der Berufsleser hat den ersten Moment. Er liest den Text unmittelbar nach dem Autor und vor der Veröffentlichung. Von Hermann Hesse wissen wir, »jedem Anfang wohnt ein Zauber inne«, und so verhielt es sich, wenn der ehemalige Cheflektor des Suhrkamp Verlages, Raimund Fellinger, mit dem neuen Manuskript eines Hausautors und einer Hausautorin in mein Zimmer kam. Wegen dieses Momentums habe ich vierzig Jahre lang nie bedauert, Berufsleserin geworden zu sein. Und wenn man zudem im Handel mit Übersetzungen arbeitet, so kann man dieses Momentum mühelos verlängern: die Freude, den ausländischen Verlegern des Autors ein neues Manuskript zu schicken oder, noch besser, ihnen ein Manuskript aus dem Nachlass – so geschehen bei Thomas Bernhard

Meine Preise – auf der Buchmesse zu überreichen. Zugegeben – das war auch der Zauber des analogen Zeitalters.
Ist man lange im Verlagswesen und als Berufsleser tätig, erreicht man mindestens die Schnelligkeit und Treffsicherheit künstlicher Intelligenz. Die Mustererkennung ist Teil des Geschäftes. Jeder, der im Verlag oder einer Agentur arbeitet, weiß nach ein paar Jahren, welches Werk in welches ausländische Programm, zu welchem Buchhändler, Veranstalter und Kritiker passt. Beim Handel mit Übersetzungslizenzen kommt zu der Mustererkennung noch wie allgemein im Export die strategische Komponente hinzu.
Welche Märkte haben welche inhaltlichen Schwerpunkte? Wie kann ich das Programm eines deutschen Verlages auf den Philippinen, in Indien, in Afrika, in Südamerika positionieren? Seit 2022 ist der Handel mit Lizenzen nach Russland und von Russland erschwert. Was macht das langfristig mit den Menschen, wenn sie nicht mehr voneinander lesen können?
Waren die Bücher meiner Kindheit und Jugend ein Schutzraum gegen jede Unbill, die Werke der romanischen Autoren im Studium manchmal mühsam, so waren die vierzig Jahre als Berufsleserin eine große Bereicherung. Das Angebot war verlagsgebunden, also in gewisser Weise limitiert und mindestens eine Vier-Sterne-Küche. Und jetzt – als ungebundene Leserin: Jetzt *muss* ich nicht mehr lesen und *darf* mich frei entscheiden. Es misslingt, es misslingt grundlegend: In meinem Wohnzimmer und Arbeitszimmer stapeln sich die gekauften, geschenkten und ungelesenen Bücher, und ich höre Podcast. Ich wünsche mir meine Lektoren zurück, die mir zurufen: »Lies das! Und mache etwas damit.« Ich wünsche mir den Verleger Siegfried Unseld zurück, der die besten Empfehlungen aussprach. Nun sitze ich frei und orientierungslos mit den 70 000 Novitäten, die auf dem deutschen Buchmarkt erschei-

nen, von denen etwa 10 000 für mich thematisch in Frage kommen. Ich lese alle Kritiken und kaufe die Bücher. Ich folge jedem Rat meiner lesetüchtigen Freundinnen und kaufe das empfohlene Buch, und mein lokaler Buchhändler fragt: »Das wollen Sie lesen?«, weil auch er mich kennt, und ich antworte: »Zwei Freundinnen aus Charlottenburg, wissen Sie, die mit den großen Altbauwohnungen, haben mir das dringlich empfohlen.« Auch der Leiter der Stadtbücherei in Wiesloch in der Kurpfalz, südlich von Heidelberg kennt mich gut. Im Januar 2024 empfahl er mir *Schnell leben* von Brigitte Giraud. Ich hatte das Buch der Goncourt-Preisträgerin des Jahres 2022 übersehen. Es ist ein sehr wichtiges Buch für mich geworden, und er lag richtig mit seiner Vermutung.

Meine Orientierungslosigkeit wächst mit jedem Buch, das ich ungelesen verschenke, in das Bücherregal auf dem Marktplatz in Nussloch stelle oder in die Stadtbücherei Wiesloch trage, dem Ort, wo mein Urgroßelternhaus, der Römerhof stand. Ein Bauernhof über Jahrhunderte, der jetzt eine Reitanlage ist. Meine Urgroßmutter, Jahrgang 1873, las nur die Bibel, sie hat mir auch nie ein Buch empfohlen oder geschenkt. Ich war das älteste Urenkelkind, und wenn meine Eltern und ich sie einmal im Jahr besuchten, dann sagte sie zu mir, über meinen Kopf streichend: »Du bist die vom Walter, nicht wahr?« Mehr sagte sie nicht, aber es war von epischer Länge. Im Herbst 1966 stieg sie hochbetagt mit ihrer Tochter Amanda, genannt Mandel, mit der Leiter auf einen Apfelbaum. Auf der Höhe des ersten Zweiges sagte sie: »Mir ist schwindelig, ich lege mich hin.« Sie stieg von der Leiter und verstarb fünf Tage später in ihrem Bett, mit ihrer Bibel in Händen und umgeben von den zahlreichen Nachkommen. In Gedanken an Anna Zimmermann nehme ich Virginia Woolfs *Die Witwe und der Papagei* zur Hand und beginne zu lesen.

Quellenverzeichnis

Claire Beyer
Mias Wunder, S. 41
Erstdruck: Im Wunderland der Bücher. Lektüre zwischen den Jahren 2023. Herausgegeben von Gesine Dammel. Insel Verlag Berlin 2023. © Claire Beyer. Abdruck mit freundlicher Genehmigung der Autorin.

Italo Calvino
Ein neues Buch, S. 26
Aus: Italo Calvino, Wenn ein Reisender in einer Winternacht. Aus dem Italienischen von Burkhart Kroeber, S. 7-14. © 1983 Carl Hanser Verlag GmbH & Co. KG, München. Mit freundlicher Genehmigung von Carl Hanser Verlag GmbH & Co. KG, München.

Elias Canetti
Der Spaziergang*, S. 67
Aus: Elias Canetti, Die Blendung. In: Werke in 10 Bänden. Band 1. Carl Hanser Verlag München. © Elias Canetti, Zürich 1935, © Elias Canetti Erben, Zürich 1994

Amir Hassan Cheheltan
Großmutters Geschichte*, S. 34
Aus. Amir Hassan Cheheltan, Der Zirkel der Literaturliebhaber. Roman. Aus dem Persischen von Jutta Himmelreich. © Verlag C. H. Beck oHG, München 2020.

Eva Demski
Zwiefache Speise, S. 120
Aus: Eva Demski, Rund wie die Erde. © Insel Verlag Berlin 2012

Dorette Deutsch
Marco Polo war hier, S. 155
Erstdruck: Im Wunderland der Bücher. Lektüre zwischen den Jahren 2023. Herausgegeben von Gesine Dammel. Insel Verlag Berlin 2023. © Dorette Deutsch. Abdruck mit freundlicher Genehmigung der Autorin.

Ulrike Draesner
Der Funke, S. 76
Erstdruck: Im Wunderland der Bücher. Lektüre zwischen den Jahren 2023. Herausgegeben von Gesine Dammel. Insel Verlag Berlin 2023. © Ulrike Draesner. Abdruck mit freundlicher Genehmigung der Autorin.

Michael Ende, Die unendliche Geschichte, S. 7
Aus: Michael Ende, Die unendliche Geschichte. Thienemann Verlag, Stuttgart 1979.

Rüdiger Görner
Drei erste Lesezeichen, S. 106
Erstdruck: Im Wunderland der Bücher. Lektüre zwischen den Jahren 2023. Herausgegeben von Gesine Dammel. Insel Verlag Berlin 2023. © Rüdiger Görner. Abdruck mit freundlicher Genehmigung des Autors.

Petra Hardt
Hommage an die Berufsleserinnen und Berufsleser, S. 187
Originalbeitrag © Petra Hardt. Abdruck mit freundlicher Genehmigung der Autorin.

Jakob Haringer
Von der Einsamkeit und den Büchern, S. 181
Aus: Zeitschrift für Bücherfreunde 36. Heft 8. August 1932.

Birgit Haustedt
Storm in Italy, S. 135
Originalbeitrag © Birgit Haustedt. Abdruck mit freundlicher Genehmigung der Autorin.

Gabriela Jaskulla
Der Schrank, S. 52
Erstdruck: Im Wunderland der Bücher. Lektüre zwischen den Jahren 2023. Herausgegeben von Gesine Dammel. Insel Verlag Berlin 2023. © Gabriela Jaskulla. Abdruck mit freundlicher Genehmigung der Autorin.

Else Lasker-Schüler
Stadt, Buch und Läden, S. 23
Aus: Else Lasker-Schüler, Werke und Briefe. Bd. 4.2: Prosa 1921-1945.
© Jüdischer Verlag im Suhrkamp Verlag, Frankfurt am Main 2001.

Root Leeb
Höhenflüge, S. 141
Erstdruck: Im Wunderland der Bücher. Lektüre zwischen den Jahren 2023. Herausgegeben von Gesine Dammel. Insel Verlag Berlin 2023.
© Root Leeb. Abdruck mit freundlicher Genehmigung der Autorin.

Nadja Mayer
Masthähnchen und Pumpenschlumpf, S. 125
Erstdruck: Im Wunderland der Bücher. Lektüre zwischen den Jahren 2023. Herausgegeben von Gesine Dammel. Insel Verlag Berlin 2023.
© Nadja Mayer. Abdruck mit freundlicher Genehmigung der Autorin.

Christoph Meckel
Die Freiheit der Bücher, S. 92
Aus: Christoph Meckel, Ein roter Faden. Gesammelte Erzählungen, S. 360-363. © 1983 Carl Hanser Verlag GmbH & Co. KG, München. Mit freundlicher Genehmigung von Carl Hanser Verlag GmbH & Co. KG, München.

Cees Nooteboom
Begegnung mit einem Großbuchstaben, S. 97
Aus: Cees Nooteboom, Gesammelte Werke. Herausgegeben von Susanne Schaber. Aus dem Niederländischen von Helga van Beuningen. Band 8: Essays und Feuilletons. © Suhrkamp Verlag Frankfurt am Main 2006

Hanns-Josef Ortheil
Ich löse meine Bibliothek auf, S. 185
Erstveröffentlichung: https://www.ortheil-blog.de/2018/01/20/ich-loese-meine-bibliothek-auf/
© Hanns-Josef Ortheil. Abdruck mit freundlicher Genehmigung des Autors.

Karl-Heinz Ott
Der Betrunkene in der Bibliothek, S. 171
Erstdruck: Im Wunderland der Bücher. Lektüre zwischen den Jahren 2023. Herausgegeben von Gesine Dammel. Insel Verlag Berlin 2023. © Karl-Heinz Ott. Abdruck mit freundlicher Genehmigung des Autors.

Ernst Penzoldt
Die Reise ins Bücherland, S. 112
Aus: Ernst Penzoldt, Gesammelte Schriften in sieben Bänden. Herausgegeben von Ulla Penzoldt und Volker Michels. Fünfter Band: Die Erzählungen. © Insel Verlag Frankfurt am Main und Leipzig 1992

Theresa Prammer
Heidi, der Käse und ich, S. 117
Originalbeitrag © Theresa Prammer. Abdruck mit freundlicher Genehmigung der Autorin.

Susanne Schaber
C02/47 bis C/47 oder Freisekt am Semmering, S. 146
Originalbeitrag © Susanne Schaber. Abdruck mit freundlicher Genehmigung der Autorin.

Kurt Tucholsky
Bibliothekskadaver, S. 183
Aus: Kurt Tucholsky, Gesammelte Werke, Band 1. Herausgegeben von Mary Gerold-Tucholsky und Fritz J. Raddatz. Rowohlt Verlag, Reinbek 1972

Theresia Walser
Die Büchermauer, S. 167
Erstdruck: Im Wunderland der Bücher. Lektüre zwischen den Jahren 2023. Herausgegeben von Gesine Dammel. Insel Verlag Berlin 2023. © Theresia Walser. Abdruck mit freundlicher Genehmigung der Autorin.

Franziska Wolffheim
Die verrückte Bibliothek, S. 176
Erstdruck: Im Wunderland der Bücher. Lektüre zwischen den Jahren 2023. Herausgegeben von Gesine Dammel. Insel Verlag Berlin 2023.

NF 601/1/3.24

»Ein kluger, feinfühliger und warmherziger Roman, der zeigt, welche Magie im Lesen liegt.«
Carsten Henn

So begann die Geschichte von Takako …

Die 25-jährige Takako hat einen Job, eine Wohnung in Tokio und einen festen Freund. Als dieser ihr eines Abends freudig eröffnet, er werde heiraten – und zwar eine andere –, fällt sie aus allen Wolken. Vor Kummer verkriecht sie sich und kündigt ihren Job. Als ihr Onkel ihr anbietet, eine Zeitlang in seinem Antiquariat im berühmten »Bücherviertel« Tokios, Jinbocho, auszuhelfen und dort auch unterzukommen, findet sie das zwar zunächst alles andere als reizvoll, willigt aber ein. Doch in dem kleinen Zimmer über dem Laden, inmitten von Büchern, entdeckt sie ihre Leidenschaft fürs Lesen – und schöpft allmählich wieder neue Kraft.

Satoshi Yagisawa, Die Tage in der Buchhandlung Morisaki.
Roman. Aus dem Japanischen von Ute Enders. insel taschenbuch 5037. 189 Seiten. Auch als eBook erhältlich.

NF 623/1/8.24

»Wenn ich mir fünf Bücher für die einsame Insel aussuchen müsste, *Die Buchhandlung* wäre unbedingt dabei.«
Michael Ondaatje, Druckfrisch

Florence Green erwirbt in Hardborough, einem verschlafenen Dorf an der Küste Ostenglands, das Old House als zukünftiges Domizil für ihre Buchhandlung. Dass das Gebäude anscheinend von einem Poltergeist besessen und bis auf die Grundmauern feucht ist, bringt sie von ihrem Vorhaben ebenso wenig ab wie die Tatsache, dass sie von finanziellen Dingen keine Ahnung hat. Voller Schwung stürzt sie sich in die Vorbereitungen und stattet ihre Buchhandlung liebevoll aus. Die Einwohner des kleinen Städtchens begegnen dem Unternehmen zunächst mit Skepsis, bald stellen sich jedoch erste Stammkunden ein. Als Florence Green aber dann ein gerade erschienenes Buch eines bis dahin unbekannten Autors, Vladimir Nabokov, verkauft, ist die Aufregung groß und weitet sich zu einem Skandal aus ...

Penelope Fitzgerald, Die Buchhandlung. Roman. Aus dem Englischen von Christa Krüger. Mit einem Vorwort von David Nicholls. insel taschenbuch 4346. 164 Seiten

NF 379/1/6.17

NF 573/1/2.23